ROYAL PLAYER - OSCAR

VERSIONE ITALIANA

KYLIE GILMORE

Traduzione di
MIRELLA BANFI

$$1$$

Polly

Il mio periodo di libertà vigilata è finito e sono li-be-ra!

Alzo le mani al cielo e rido. È estate e sono sullo yacht dei Rourke, che è venuto a prendermi in Francia per la mia prima visita al regno di Villroy. Sono tentata di gridare "Sono il re del mondo" dalla prua della nave, ma l'appoggio è un po' precario e, tecnicamente, io sono una principessa. Mi accontento di fare un vivace balletto per esprimere la mia felicità. Non vedo l'ora di parlare a faccia a faccia con Anna, la regina di Villroy. È lei il motivo per cui ho ottenuto la libertà vigilata.

Sembra brutto, vero? Ma è stata una buona cosa. Lei e suo marito, re Gabriel, mi hanno aiutato a evitare la prigione negli USA, per il furto di identità.

Mmm, sembra brutto anche così. Ma l'avevo fatto per un buon motivo. Sarà meglio che cominci dall'inizio. Sono la principessa Mary Louise Lyon, delle isole Beaumont, Polly per gli amici. Sono l'unica figlia di genitori molto tradizionalisti in una monarchia molto vecchia scuola. Dunque... ero appena tornata a casa dopo aver frequentato il college negli USA quando i miei genitori hanno cominciato a suggerire (leggere: dammi il tormento) che era ora che mi sposassi e sfornassi il prossimo erede. C'è voluto un solo incontro con il marito che avevano scelto per me, Peter, un uomo d'affari di Beaumont con pretese di avere sangue reale di un qualche regno ora defunto, per farmi decidere di escogitare il modo di fuggire di nuovo negli USA. Sono quella che potreste chiamare una fine stratega. I miei genitori dicono che sono semplicemente impossibile.

In ogni modo, ho pagato per avere una falsa identità negli USA, in modo da potermi muovere liberamente, da principessa in incognito, ma è venuto fuori che la falsa identità era quella di una persona deceduta, la cui zia aveva notato che la defunta nipote aveva comprato una palazzina a Tampa, in Florida. (Era il mio regalo per Anna, che viveva lì a quel tempo. Lei era una lontana cugina che avevo trovato tramite il sito AncestryWise e avevo pensato che avremmo potuto essere amiche. Visto, una vera stratega: trovati un'alleata). A posteriori, mi rendo conto che ero stata un'ingenua riguardo alla falsa identità, pensando che si sarebbe semplicemente trattato di una persona inventata. Avrei dovuto fare più domande. Lo rimpiango veramente, e ho contattato la famiglia della persona deceduta per fare le mie scuse. Adesso c'è una borsa di studio a suo nome nella sua alma mater, finanziata dalla mia fondazione benefica.

Da quella storia sono uscite due cose buone: Anna e io siamo diventate veramente amiche e ho conseguito la laurea magistrale mentre ero in libertà vigilata. (È il motivo che avevo dato ai miei genitori per giustificare il mio lungo soggiorno negli USA. Non sanno niente del mio arresto, grazie al fatto che Gabriel è riuscito a seppellire tutta la faccenda.) Ora sto per riunirmi ad Anna, che è incinta di otto mesi. Ho ottenuto una breve tregua, per stare con lei per il parto, e la userò per formulare un piano per tirarmi fuori dall'imminente matrimonio con Peter senza distruggere la mia famiglia e il regno.

Niente pressioni, insomma.

Peter mi ha messo con le spalle al muro, ricattandomi perché lo sposi. I miei genitori non hanno idea del ricatto. Se li informassi, non permetterebbero il matrimonio e Peter metterebbe in atto le sue minacce. Tre anni fa, i miei genitori gli avevano chiesto un prestito per rinnovare uno dei loro resort sulla più bella delle spiagge. (Volevano uno stile più moderno, per competere con i resort moderni di Peter.) Ora è arrivato il momento di restituire il prestito e non hanno i fondi per farlo. Lo so solo perché, durante la mia breve visita a casa prima di venire a Villroy, ho sentito per caso mia madre dire a mio padre che era preoccupata che Peter si appropriasse della proprietà, come sarebbe suo diritto nel caso di pignoramento, secondo le leggi dell'isola.

Ero andata privatamente a parlare con Peter nel suo ufficio della preoccupazione dei miei genitori, sperando che prorogasse i termini del prestito. Era stato allora che mi aveva detto che non solo avrebbe preso possesso della proprietà, cosa che avrebbe peggiorato la loro situazione debitoria, dati i mancati introiti, ma che avrebbe anche fatto sapere a tutti che erano insolventi e che avrebbero dovuto alzare le tasse a un livello esorbitante per continuare a far funzionare le cose. Avrebbe distrutto la loro reputazione, dipingendoli come governanti senza onore. Tutto per dar luogo a una sollevazione contro la monarchia, che ha giurato di rovesciare. E poi mi ha fatto un'offerta: sposarlo, fare di lui un re, e avrebbe annullato il debito. Tutte le nostre proprietà sarebbero state consolidate sotto il suo controllo e si sarebbe assicurato che fossero tutte redditizie e modernizzate, assicurando così un futuro prospero a Beaumont.

Che scelta avevo? Devo salvare la mia famiglia e il mio regno. D'accordo, le monarchie sono una razza in via di estinzione, ma non permetterò che la mia si estingua finché avrò respiro.

Ero tornata a palazzo e avevo detto ai miei genitori (e le parole erano state amare in bocca): «Ammiro la capacità imprenditoriale di Peter e sono d'accordo che sarebbe un candidato ideale come marito.»

I miei genitori erano felicissimi, speravano in quell'unione anche prima dei loro attuali guai. Peter, secondo loro, era l'alleato ideale perché è il proprietario della metà dei resort sull'isola principale. L'altra metà appartiene a noi. Il nostro regno è formato da una catena di isole nei Caraibi e dipende dal turismo. Peter non ha mai mostrato loro la sua vera natura.

Il mio matrimonio è urgente anche perché mio padre ha deciso di abdicare. Ha settantatré anni e il morbo di Parkinson di cui soffre sta peggiorando. Non vuole farsi vedere in pubblico con i tremori. Mia madre, la regina, ha solo quarantasei anni, ma non potrà governare da sola perché è una donna. Vecchia. Scuola. Nemmeno io posso governare da sola. Se non mi sposerò presto, il titolo passerà al mio cugino maschio, più giovane di me. E la cosa mi fa *infuriare*. Per tutta la vita sono stata educata per diventare regina. È il mio posto, *un mio diritto*.

Mi volto e mi schermo gli occhi per vedere meglio Marge, la mia cameriera e chaperon da lunga data, che è all'interno della cabina dello yacht. È sui cinquanta adesso e i suoi capelli lunghi fino alle spalle sono più grigi che castani, per colpa mia, dice. Adoro questa donna, che, per molti versi, è stata una madre per me. Quand'ero bambina, la mia enorme energia e il mio desiderio di avventura facevano impazzire i miei tutori e i miei genitori. Poi arrivò Marge. Severa e concreta, era stata incaricata del compito impossibile di tenermi sulla retta via. È con me sin da quando sono stata spedita in collegio, a nove anni, seguendomi fino al college, ed è riapparsa quando i miei genitori hanno scoperto che ero negli Stati Uniti per la laurea magistrale/libertà vigilata. Sembra che stia dormendo seduta diritta sul divano. Poverina. Mi ha detto che probabilmente sta covando qualcosa. Le fa male la gola.

Entro in cabina e lei apre lentamente gli occhi. «Polly, dov'è il tuo velo? Non è corretto e troppo sole ti farà venire le rughe.» È l'unico membro del personale che si rivolge a me usando il nome che preferisco, e solo in privato. Altrimenti è "Altezza", "Principessa Mary" o "Signora", come per tutti gli altri.

«La brezza me l'ha fatto volare via.» Rispondo con una frottola. Quando sono lontana da casa, cerco sempre di evitare il velo, nel mio regno obbligatorio per le donne single di famiglia reale. È un argomento su cui ci scontriamo da sempre. Lei sente il bisogno di farmi notare la mancanza del velo per fare il suo dovere da chaperon, sapendo che troverò qualche scusa.

Sbuffa.

Mi siedo accanto a lei e premo il dorso della mano sulla sua fronte, controllando se ha la febbre, nello stesso modo in cui lo fa lei con me. «Mi sembri un po' calda.»

«Sto bene.» Si sposta. «Comunque, mantieni le distanze nel caso sia contagiosa. Non voglio che la regina si ammali, con il parto così vicino.»

Vado al piccolo frigorifero e prendo una bottiglietta di acqua fresca per lei.

«Non preoccuparti per me!» esclama con la voce rauca.

«Ecco, dolcezza.» Le porgo l'acqua. «Fluidi e riposo, ordini di Marge.»

Lei prende l'acqua, facendo il broncio. «Cerca di non essere impertinente, usando le mie stesse parole contro di me. Lo dico solo per il tuo bene.»

Sorrido e mi siedo accanto a lei. «E adesso è ora che tu prenda una buona dose della tua stessa medicina.»

Mi guarda storto ma apre la bottiglietta e beve un sorso, facendo una smorfia mentre deglutisce.

«Ti procureremo un medico appena saremo sistemate a Palazzo Amalie.» È il palazzo reale di Villroy.

«Non è niente.» Beve un altro sorso d'acqua. «Polly, devo dirti una cosa.»

Sento rizzare i peli sulla nuca. Posso contare sulle dita di una mano le volte in cui Marge ha sentito il bisogno di dirmi qualcosa, e non sono *mai* buone notizie. «Che c'è? C'è qualcosa che non va con mio padre?»

«No, no. Niente del genere, aspettavo il momento giusto per dirtelo e sarà meglio che lo faccia prima di essere confinata a letto.» Beve un altro sorso d'acqua e io aspetto sulle spine. «Una volta nata la bambina, torneremo a casa e dovrò restare con te per il corteggiamento ufficiale da parte di Peter, per un periodo di sei settimane, poi il fidanzamento sarà ufficiale. I tuoi genitori vogliono che il matrimonio abbia luogo subito dopo.»

Sento lo stomaco che si annoda. Me l'aspettavo, eppure mi agito lo stesso. Come se il suo viscido ricatto non fosse sufficiente per farmelo disprezzare, Peter ha vent'anni più di me e ha promesso ai miei genitori che userà il pugno di ferro con me. I miei genitori hanno riso e si sono detti d'accordo, che ero una ribelle e che avevo bisogno di qualcuno che mi mettesse in riga, ma io l'ho visto come un forte segnale d'allarme. Non è un uomo violento. Significa che intende mantenere il controllo di tutto, me compresa. Questa regina non ha intenzione di inchinarsi davanti al suo re. Non voglio dover dare battaglia a mio marito. Avrò già parecchio da fare per soddisfare i bisogni del mio regno.

Riesco a fare un cenno di conferma a Marge prima di distogliere gli occhi. Lei mi fa da chaperon, *sempre*, perché la principessa deve arrivare vergine al matrimonio. Sono una ragazza di ventitré anni, moderna, e si aspettano che rispetti delle regole più adatte al medioevo. Ho rispettato questa imposizione perché temevo di mettere in pericolo il mio posto nel regno. (Il medico di corte mi esaminerà prima della cerimonia. Lo so. *Bleah*!). È il motivo per cui non mi sono mai legata a un uomo. Sarei riuscita a farla in barba a Marge, se me ne fosse importato a sufficienza, ma non ho mai conosciuto un uomo per il quale valesse la pena di rischiare un regno.

Voglio innamorarmi? Sono sessualmente frustrata? Sì e, *diavolo sì*! Ma so che i membri di una famiglia reale non dovrebbero sognare in grande. E questo elimina le aspirazioni personali e professionali. Che importa se vorrei mettere a frutto la mia laurea in economia per usarla nel mondo degli affari? Anche governare da sola sarebbe come gestire una specie di società, con la nostra azienda del turismo. Ma non è il modo in cui funzionano le cose a Beaumont.

E preferirei restare in esilio per sempre piuttosto di consegnare la corona a mio cugino semplicemente perché è un uomo. Stringo i pugni. Sono sempre stata testarda e le limitazioni che mi sono state imposte e che mi sono sempre andate strette. Ci vuole una grandissima forza per fare il proprio dovere.

«Polly, i tuoi genitori vogliono ciò che è meglio per te.» Solo Marge sa che non sono entusiasta di questo matrimonio come ho fatto credere agli altri. Non ne sa il motivo però. Probabilmente pensa che sia perché è un ultraquarantenne, calvo e con la pancia. Non ho bisogno di un uomo bello. Ho bisogno di un uomo *d'onore* come futuro re.

Raccolgo le mani in grembo. «Lo so.» Tento di sorridere. «È il motivo per cui mi hanno mandato te.»

Lei sbatte velocemente le palpebre e si volta. «Stupidaggini.» Ha la voce soffocata dall'emozione.

Si è affezionata a me. C'è voluto un po', a causa delle mie esuberanti avventure infantili. Una volta tenevo il conto di tutte le volte in cui alzava le mani al cielo dichiarando: «Giuro che sarai la mia morte!» Avevo smesso di contare arrivata a centocinquanta, annoiata. Ha un debole per me e io per lei.

Indico fuori dalla finestra. «Siamo quasi arrivati. Esco per vedere meglio il panorama.»

Lei mi fa segno di andare, togliendo un fazzolettino dalla blusa a maniche corte e tamponandosi gli occhi.

Torno sul ponte e respiro a fondo. Villroy è al largo della costa sud-occidentale della Francia e ha un clima più temperato di quello a cui sono abituata. L'isola è stupenda, con imponenti scogliere rocciose, insenature e una collina dai pendii dolci in cima alla quale è appollaiato il palazzo che sembra tolto dall'illustrazione di un libro di favole: di arenaria con molteplici torrette e cupole. Il palazzo reale di Beaumont è di pietra grigio chiaro ed è piuttosto piatto. Almeno abbiamo un'elegante torretta rotonda vicino al mare e i terreni intorno sono belli, con cortili, giardini, piscine e fontane. Sono veramente fortunata a vivere là.

Comunque sono felice di questo periodo di grazia a Villroy. Ovviamente per vedere Anna, ma anche per avere un po' di spazio per respirare, cosa di cui ho un disperato bisogno. So che cosa ci si aspetta da me. So che cosa c'è in gioco. Eppure tenterò ugualmente l'impossibile, ottenere il trono alle mie condizioni, tenendo al contempo al sicuro la mia famiglia e il mio regno. Chi meglio della persona che è stata etichettata come impossibile può ottenere l'impossibile? È come se due impossibili facessero un possibile. La mia matematica può essere confusa, ma oso sperare.

2

Oscar

Io sono quello bello. Se dovete decidere qual è il quartogenito in mezzo al clan dei Rourke, è così che farete. Il principe Oscar è quello bello. Non è arroganza o vanità da parte mia. È la stampa che l'ha deciso; perfino i miei fratelli dicono la stessa cosa. Una qualche combinazione di geni mi ha regalato una perfetta simmetria di lineamenti che attira l'attenzione. Che cosa posso farci se ho gli stessi folti capelli castano scuro, gli occhi acquamarina, gli zigomi alti e le mandibole squadrate dei miei fratelli, ma tutto un po' più bello? Avevo lasciato che mio fratello Phillip, il secondogenito assumesse il titolo di *royal hottie* perché sono l'anima della discrezione. Sono fiero del nome della mia famiglia e non lo danneggerei mai. Non significa che non mi diverta.

Mi infastidisce il fatto che non ci si aspetti niente dal quartogenito, a parte far lampeggiare il mio meraviglioso sorriso per la stampa? Forse.

Mi piacerebbe essere necessario almeno a una persona che mi veda come la chiave per qualcosa d'importante? Sì.

E lo sono stato per i tre anni in cui ho giocato a calcio da professionista in Francia. Ero l'orgoglio di mio padre, la realizzazione del suo sogno e sapevo che cosa significava avere qualcuno che faceva il tifo per me perché arrivassi sempre più in alto. Aveva giocato anche lui in Francia, per un breve periodo, prima di doversi ritirare per diventare il re. Non solo mi sentivo un gigante, sia per il legame tra mio padre e il gioco (ovviamente), ma anche perché ero in grado di fare grandi cose con i soldi che guadagnavo con il mio duro lavoro, come fondare scuole di calcio per ragazzi in aree svantaggiate in tutto il mondo.

Sfortunatamente, due anni fa mi sono infortunato a un ginocchio, ho subito un intervento chirurgico e, nonostante tutta la fisioterapia, non sono stato in grado di tornare a giocare a quel livello. La mia carriera è finita prima del tempo e sono stato obbligato a ritirarmi a venticinque anni. Cammino bene, niente zoppia o dolori forti, solo una fitta ogni tanto. Mio padre ha sofferto la perdita del calcio insieme a me. È morto un anno fa e non c'è un giorno in cui non desideri che avessimo potuto mantenere quel legame attraverso il football. Penso che gli avrebbe procurato un po' di gioia vedermi giocare mentre lottava contro il cancro.

Ho avuto il mio momento di gloria. Non posso chiedere di più.

Vado verso il divano di pelle bordò e mi siedo accanto al mio fratello minore, Adrian. Lui mi fa un cenno di saluto. Nessuno di noi è mai stato vitale per il regno. Adrian è l'ultimo nato e non ha nemmeno i famosi occhi acquamarina dei Rourke che riflettono il colore del mare intorno a noi. Mio padre aveva sempre detto che indicavano quali erano i legittimi governanti. Adrian ha gli occhi nocciola. È talmente sereno che non credo che lo preoccupi il suo ruolo nella gerarchia reale.

Siamo nel salotto privato e aspettiamo di incontrare la nostra ospite d'onore, la principessa Mary "Polly" Lyon, delle isole Beaumont, nei Caraibi. È una lontana cugina di mia cognata Anna. Non ho mai incontrato Polly dato che è stata in libertà vigilata per furto di identità e non aveva il permesso di lasciare la Florida negli USA. Una principessa deve aver avuto un gran buon motivo per commettere un crimine così squallido, e ho veramente voglia di saperne di più. Lei e Anna si sono conosciute durante la fuga in USA di Polly, una storia lunga e piuttosto divertente, che è finita con Anna qui a Villroy al posto di Polly, e la sua conquista del cuore del nostro fratello maggiore, Gabriel, che ha sposato, dopo una stravagante competizione nuziale. Anna era una borghese che impersonava una principessa e ha sposato un futuro re. Mai un momento di noia da queste parti.

Gabriel, Anna e mia madre stanno chiacchierando in un angolo: il re, la regina e l'ex-regina. Mia madre ha abdicato alla morte di mio padre. Tutti e tre hanno un'importanza vitale per il regno.

Proprio in quel momento si apre la porta e tutti si voltano a guardare. La mia famiglia non ha mai visto Polly, ma la sua reputazione la precede.

Non è Polly. È mio fratello Lucas con la sua ragazza, Alice. Lei è un'autrice di romance, una bionda sexy e voluttuosa che porta occhiali neri da bibliotecaria nerd e ha una personalità dolce, introversa. L'esatto opposto di mio fratello…

«Siamo arrivati!» esclama Lucas con un sorriso che lampeggia bianco sulla sua barba scura. «Che la festa cominci!»

Sorrido e vado a salutarlo con Adrian al seguito. «Lo dice tutte le volte» mormora Adrian sottovoce. Lui è molto più riservato, il che lo rende un ottimo giocatore di poker.

Io ridacchio. «Si è guadagnato la sua reputazione da festaiolo.» Dopo aver perso il football, mi sono unito a Lucas nel circuito delle feste e ci siamo divertiti un sacco.

Mi porto alle labbra la mano di Alice e la bacio, guardando le guance che si arrossano. «Ho sentito che starai a palazzo e siamo felici di averti qui.»

Lucas mi lancia un'occhiataccia, socchiudendo gli occhi acquamarina. «Non si tocca. Lei è mia.»

«Sto solo comportandomi in modo amichevole» dico io, tutta innocenza. Lucas e io siamo molto legati e facciamo spesso squadra per prendere in giro i nostri fratelli. Lui non sopporta di essere quello provocato.

«Sii amichevole da qualche altra parte» mi risponde seccamente.

«Lo so, lo so, sei innamorato.» Sbatto le ciglia e dico in falsetto: «È un momento talmente romantico, da sogno.»

«Vai al diavolo.»

«Lucas!» esclama Alice. «Ti ho appena dato il mio anello di pre-fidanzamento. Sai che sono impegnata con te.»

Lui le rivolge il sorriso innamorato più ridicolo che abbia mai visto in vita mia. Patetico. Scambio un'occhiata con Adrian, imbarazzato per Lucas. E poi, per peggiorare le cose, Lucas toglie dalla tasca un piccolo anello con smeraldo, chiaramente fatto per un dito femminile, e ce lo mostra, dichiarando con orgoglio: «Gente, Alice mi ha dato un anello di pre-fidanzamento. È la prova del suo impegno nei miei confronti.»

Anna, Gabriel e mia madre si avvicinano alla "grande notizia". «Che cosa diavolo è un anello di pre-fidanzamento?»

Gli occhi castani di Anna si riempiono immediatamente di lacrime. È incinta di otto mesi e indossa un abito viola a maniche corte che aderisce al suo pancione. «Oh, Lucas, è una cosa meravigliosa.»

Gabriel le mette immediatamente un braccio intorno alle spalle e la stringe. Ha gli stessi miei capelli castano scuro e gli occhi acquamarina, ma è ben rasato e ha sempre un'aria regale e dignitosa. È stato educato per essere il re sin dalla nascita e lo è diventato alla morte di nostro padre. «La gravidanza la rende molto emotiva» ci dice. Come se non lo sapessimo.

Anna lo guarda. «Vedi, Gabriel, pensavi che il finto fidanzamento fosse un'idea terribile, ma guarda adesso!»

Come ho detto, mai un momento di noia da queste parti, con il finto fidanzamento, finte principesse e altro. La mia famiglia non ha più freni. Non possiamo farci niente, discendiamo da una tribù vichinga ribelle conosciuta come "I selvaggi". È nei nostri geni e Anna si è integrata perfettamente.

Indicando Lucas e Alice, Anna continua: «Lucas è felice e ha messo radici, e ad Alice piace vivere qui. Sono impegnati! E sapevate che ambienterà il suo prossimo libro a Villroy? Avete un'idea della sua base di fan? È esattamente la clientela che vogliamo per la day-spa. Arriveranno a frotte per vedere il luogo dov'è ambientato il libro. Un'autrice superstar di romance che mette Villroy al centro dell'attenzione! Questa sì che è pubblicità gratuita.» Sorride radiosa e si rivolge ad Alice. «Non intendevo offenderti parlando del marketing. So che vuoi ambientarlo qui per i tuoi scopi creativi.»

Alice sorride. «Vero. È una magnifica fonte di ispirazione.» Dà una stretta alla mano di Lucas, che le rivolge un altro imbarazzante sorriso infatuato. Sono felice per lui ma perché deve sembrare così idiota?

Anna continua a parlare con Gabriel, compiaciuta. «E adesso che si stabilirà a Villroy, Lucas può ufficialmente diventare l'amministratore delegato della nostra azienda.» Lo guarda speranzosa.

Io resto di sasso. Lucas, il globe-trotter come AD? Finora è stata responsabilità di Gabriel e Anna. Voglio dire, so che Lucas li stava aiutando a cercare nuovi capitali per la day-spa e l'azienda per la produzione di cosmetici, e che ha avuto successo. Ho sentito che recentemente lo avevano nominato direttore finanziario, ed è stata una sorpresa ma… Lucas come AD? Lui è come me, un principe in mezzo al gruppo, non così importante per il regno. E ora potrebbe gestire l'impresa più nuova e più rilevante del nostro regno.

Villroy è stata per moltissimo tempo un importante fornitore di pesce, ma la nostra economia sta declinando dato che la popolazione ittica sta diminuendo e i nostri pescatori devono andare sempre più lontano per catturare meno pescato. È stata Anna, un'ex-estetista parrucchiera, che ha avuto l'idea di usare l'industria ittica e spostarla sulla produzione di cosmetici che usano ingredienti di provenienza marina: alghe, olio di pesce, sale e roba simile. La day-spa sul lato est dell'isola è quasi completa e userà quei cosmetici, oltre a venderli. Sono così abituato a essere scavalcato che non ho nemmeno pensato che mi avrebbero preso in considerazione per un qualsiasi ruolo. Ora che hanno cooptato Lucas per questo importante incarico, mi rendo conto che potrei aver perso la mia occasione di far parte di qualcosa di importante.

Tutti fissano Gabriel, che sembra riflettere sul suggerimento di Anna di nominare Lucas AD. Alla fine fa un cenno affermativo e dice ad Anna: «Parlerò con lui più tardi per definire i particolari.»

Lucas sembra euforico. «Grazie, Gabriel, Anna. Apprezzo la vostra fiducia in me e non vi deluderò.»

«Abbiamo sempre avuto fiducia in te» dice Anna stringendogli un braccio. «Dovevamo solo essere sicuri che saresti rimasto.» Sospira felice. «Sta funzionando tutto come dovrebbe. Alice, venderemo sicuramente i tuoi libri nella spa. E programmeremo anche dei firmacopie, se non ti dispiace.»

Alice sorride. «Certo che non mi dispiace! Adoro incontrare le mie lettrici.»

Adrian si inserisce nel discorso. «Ho un'idea per completare la day-spa: un casinò. Darebbe un modo per passare il tempo agli uomini mentre le donne sono nella spa. E poi le donne vorrebbero ovviamente tentare la sorte anche loro. Funzionerebbe in entrambi i casi: vinci alla grande e ti regali la spa. Perdi al casinò e ti fai fare un bel massaggio per consolarti. E la gente aprirà più volentieri il portafogli al casinò, dopo una giornata rilassante nella spa.» Adrian è un giocatore professionista e passa metà del suo tempo a Monte Carlo. Ora vuole portare Monte Carlo a Villroy. Gabriel lo permetterà?

«Potrebbe essere un buon investimento» dice Lucas, accarezzandosi la barba.

Forse non tocca a Gabriel decidere. È Lucas l'AD adesso.

«Per Monaco ha funzionato» dice Adrian. «Il casinò di Monte Carlo è la prima fonte di introiti per la famiglia reale e l'economia. Potremmo fare la stessa cosa, dando lavoro a parecchia gente locale e assicurando un gettito costante. Non c'è bisogno che arriviamo a costruire un albergo, negozi e roba simile. Possiamo mantenerlo piccolo e lussuoso. Non possiamo far concorrenza a Monaco ma potremmo trovare il modo di renderlo unico.»

Sono tutti coinvolti nell'azienda di famiglia dei Rourke e io mi sento meno necessario a ogni minuto che passa. Lucas sarà l'amministratore delegato, Gabriel e Anna sono coinvolti, perfino mia madre e le mie sorelle sono state coinvolte nella ricerca per i servizi da offrire nella spa. E adesso Adrian sta lanciando l'idea di un casinò, il lavoro perfetto per lui.

La vita mi sta passando accanto. Non conto niente per il regno, la mia famiglia, l'azienda. Sono solo un ex-giocatore di calcio che ha dovuto smettere di giocare.

In una scarica di energia, torna la mia natura aggressiva e competitiva, quella che mi ha aiutato a vincere le partite, ed esclamo: «Voglio entrare anch'io nell'affare.»

Si voltano tutti a guardarmi.

Io continuo. «So di non avere le credenziali di giocatore di Adrian, ma non sono male alle carte e ho una laurea in marketing.» Non che l'abbia mai usata.

Adrian fa un cenno di assenso e io mi sento già meglio. Gli sta bene avermi a bordo.

Lucas stringe le labbra.

Io mi innervosisco. Ha intenzione di tagliarmi fuori? Pensa che non sia abbastanza serio? Posso essere serio come un infarto, se significa qualcosa per me.

Ma poi lui dice: «L'unico posto dove edificare un casino è il terreno accanto alla spa, ed è dove avevamo intenzione di costruire il ristorante di lusso che servirebbe il pesce locale.»

Lascio andare il fiato che stavo trattenendo. Non è di me che non si fida, è l'idea del casinò che non ha ancora accettato. «Potremmo fare entrambe le cose.» Ora che ho dato la mia opinione, l'idea mi eccita. Posso far parte di qualcosa di vitale per il regno fin dal suo inizio. In società con uno squalo alle carte come Adrian, potrebbe essere un enorme successo.

«Ma non potrebbe essere un ristorante di pesce esclusivo, in un casinò» ribatte Lucas.

«Perché no?» dice Adrian. «Non sto parlando di slot machines. Sto parlando di salette esclusive private per i giocatori di alto livello, le *balene*. Un ristorante di lusso sarebbe perfetto.»

La conversazione diventa rumorosa quando tutti cominciano a offrire la loro opinione sull'impresa e sul suo futuro sviluppo e sento un'energia dentro di me che non provavo dal mio infortunio. Non ho mai pensato che il regno potesse avere bisogno di me per qualcosa. Finalmente c'è un modo in cui posso contribuire per aiutarlo a prosperare.

La conversazione viene sospesa quando il nostro maggiordomo, Nolan, si schiarisce forte la voce prima di annunciare: «Sua altezza la principessa Mary Louise Lyon.»

Sono irritato perché volevo continuare a parlare di affari, ma poi mi volto e la vedo per la prima volta…

Colpo di fulmine.

Sono impietrito. Resto a bocca aperta con il sangue che scorre veloce nelle vene. Non riesco a staccare gli occhi da lei. Non sono mai stato così colpito da un'altra persona. È amore a prima vista?

Ridicolo. Non esiste una cosa simile.

Mi sento veramente strano, ho il cervello annebbiato, la bocca secca. Assomiglia ad Anna, stessa altezza, più della statura media delle donne, stessi capelli ricci e scuri, il volto a forma di cuore e occhi castani. Che cosa c'è in lei? È incandescente, irradia la luminosità della buona salute e della vitalità, il suo sorriso è enorme e radioso.

La mia intensa reazione non ha senso. Deve essere *desiderio* a prima vista. Anche se non ho mai provato il minimo desiderio verso Anna, che pure le assomiglia moltissimo. Non riesco a smettere di fissarla.

«Polly!» esclama Anna, andando verso di lei.

Polly apre le braccia. «Anna!»

Sento il cuore che mi batte in gola, sono super-concentrato e allerta. Polly è vestita in modo più sobrio di Anna, ha un abito rosa pallido a maniche corte con scarpe in tinta, adatte a un membro di corte. Anna è una borghese americana che si veste come le pare, con abiti aderenti e parecchie stampe leopardate. Indossa abiti più morigerati solo per le occasioni ufficiali.

Si abbracciano, poi si staccano, complimentandosi a vicenda. Gabriel sta sorridendo. La conosce già. Polly corre ad abbracciarlo ed è sorprendente perché la maggior parte della gente è troppo intimidita perfino per toccare Gabriel, e poi si volta verso di noi, sorridendo. «Salve a tutti. Sono veramente felice di conoscervi, finalmente. Anna mi ha raccontato cose meravigliose della vostra famiglia.» Ha un accento americano. Anna ci ha informati che Polly ha trascorso la maggior parte dell'infanzia e dell'adolescenza in collegio negli Stati Uniti e che ha frequentato lì anche il college.

Anna fa le presentazioni, cominciando da mia madre. L'entusiasmo di Polly è contagioso. La mia correttissima e riservatissima madre sta sorridendo. Lucas e Alice sembrano affascinati. Solo Adrian è più riservato, come succede spesso. Polly gli fa l'occhiolino e lui mantiene la sua faccia da poker.

Poi, finalmente arriva a me. Ho la bocca che sembra piena di sabbia, ho dimenticato tutte le mie mosse provocanti.

«Questo è Oscar» dice Anna. «Oscar, Polly.»

«Lieto di conoscerti» riesco a dire.

Polly reagisce appena, fissandomi senza battere le palpebre prima di mormorare. «Lieta.» Poi si volta verso Anna, chiedendole allegramente: «Come ti senti?»

Non mi ha dato una seconda occhiata. A me! Quello bello! Ha ammiccato ad Adrian.

Io *non* sono geloso. Solo sorpreso.

Anna si guarda il pancione e sospira. «Sono stanca, enorme e mi sembra di avere continuamente bisogno di fare pipì. La bambina è scesa e la sua testa è, diciamo, proprio qui…» si indica l'inguine, «… che preme sulla mia vescica.»

La fissiamo tutti.

Mia madre guarda il soffitto, mordendosi la lingua. Trova difficile accettare i modi espliciti di Anna, che continua, ignara del disagio di mia madre. O forse semplicemente non se ne cura. «Dovrebbe nascere tra tre settimane. Grazie al cielo la tua libertà vigilata è finita in tempo per essere qui quando nascerà.»

«Non avrei potuto programmare meglio la mia attività criminale» ironizza Polly. «Ehi, sto scherzando! Posso solo ringraziare ancora una volta Gabriel e Anna per avermi fatto superare quella che avrebbe potuto essere una situazione da incubo. Quella decisione impulsiva con conseguenze potenzialmente disastrose mi ha comunque insegnato un paio di cose.» Alza un dito. «Avere sempre un piano B, C e D.»

Mi ritrovo a sorridere apertamente. È alla mano, divertente e bella. Alcune principesse sono snob e arroganti. Con una come lei potrei rilassarmi.

Alice si inserisce nel discorso quasi squittendo. «Libertà vigilata?»

Mia madre sembra stia succhiando un limone mooolto acido. Noi non laviamo i panni sporchi davanti agli estranei. Riesco quasi a sentire la sua voce nella testa. Ma so che Alice un giorno farà parte di questa famiglia, quindi è giusto che sappia. Lucas la sposerà appena lei lo accetterà.

«È una lunga storia, Alice» dice Anna. «Vieni con noi nella nursery e te la racconteremo strada facendo. Polly, non vedo l'ora che mi dia il tuo parere.» Le donne escono, chiacchierando eccitate. Io scorgo brevemente una donna di mezz'età e una guardia, non una delle nostre, che aspettano fuori dalla stanza. Devono essere con Polly.

Mia madre le segue. Prende molto seriamente i suoi doveri di nonna. Gabriel si affretta ad andare ad aprire loro la porta. È vigile, sempre in guardia ora che Anna è vicina al parto e non la perde quasi mai di vista.

La porta si chiude alle loro spalle e io mi volto lentamente verso Lucas e Adrian, tornando in me.

«Perché stai sorridendo?» mi chiede Adrian.

Stavo sorridendo? Mi obbligo a tornare serio. «Sono eccitato all'idea del casinò.»

«Sembravi lui» dice Adrian, indicando Lucas. «Espressione da cucciolo innamorato.»

Lucas sorride. «È un complimento. Io sto da Dio.»

«Sembrate entrambi degli idioti» dice Adrian, scuotendo la testa. «Adesso parliamo del casinò.»

Ma poi Lucas dice una cosa che fa sparire ogni pensiero di affari. «Avete visto la donna nel corridoio? È la *chaperonne* di Polly. Anna ha detto a me e ad Alice che la *chaperonne* l'accompagna dovunque per tenerla in riga.»

«Che cosa significa?» gli chiedo. «Per via del furto di identità che ha commesso?»

Lucas abbassa la voce e io mi chino per sentirlo. «Il suo compito più importante è accertarsi che Polly resti vergine.»

«Che cazzo dici!» sbotto. «No! Ha ventitré anni.» Anna ci ha detto che Polly ha un anno meno di lei e io non mai incontrato una donna che fosse ancora vergine a quell'età.

Gli occhi di Lucas scintillano di buonumore. Mi sta prendendo per il culo.

Stringo le labbra. «Ah capisco. Ti stai vendicando perché ho flirtato con Alice. Bel tentativo.»

Lucas scuote la testa. «Anna l'ha detto ad Alice, a pranzo, parlando più di quanto avrebbe dovuto, come al solito, e dimenticando che io ero proprio lì.» Sogghigna. «Un drink?»

«Un drink mi sembra perfetto» dico distrattamente, rimuginando su quell'informazione. Una *chaperonne* per una principessa vergine. Sembra una cosa così all'antica.

Lucas va al bar e versa un bicchiere di brandy, offrendolo ad Adrian che rifiuta. Lo prendo io e lo svuoto.

«Non dovresti dirci le cose personali che vi racconta Anna» dice Adrian, «specialmente quando riguardano altre persone.»

«L'avrebbe detto anche voi se foste stati lì» dice Lucas. «Lei parla sempre troppo. L'avete appena sentita parlare della testa della bambina in basso nella sua vagina.»

Faccio una smorfia. «Lucas, dai…»

«Solo per dire» ribatte lui alzando le spalle.

«Perché Polly deve restare vergine?» si chiede Adrian. «Sacrificano le vergini nel suo regno?»

Lucas esplode in una risata. Non c'è *niente* di divertente nel sacrificare una bella donna come quella. «Anna dice che è un obbligo nel suo regno, sia per controllare le linee familiari sia perché una donna reale nubile viene addotta a simbolo di bontà e purezza. Deve rimanere vergine fino al matrimonio.»

«Mio Dio.» È troppo orribile da pensare.

Lucas continua. «Anna dice che Polly si dovrà sposare presto. Suo padre non sta bene e lei in quanto donna non può governare da sola. È la legge là. Per poter essere regina deve essere sposata.»

Adrian fa anche lui una smorfia. «Sono lieto che la nostra

monarchia non sia così tradizionalista. Non mi piacerebbe vivere in un posto del genere.»

«Nemmeno a me» dico. Probabilmente laggiù vivono in tempi biblici: occhio per occhio, dente per dente. E una cintura di castità per tutte le ragazze nubili.

«Non che la faccenda della verginità si applicherebbe a noi, dato che siamo maschi» dice Lucas, versandosi un brandy. «Non è che possano dire se un maschio è vergine o no.»

«La controlleranno per accertarsi di quel genere di cosa?»

«Dev'essere così» risponde Lucas. «Altrimenti perché uno spirito libero come Polly avrebbe rispettato quella legge?»

Cazzo, è orribile. Ora non posso passare del tempo con lei. Non ho mai avuto una reazione così forte solo per aver incontrato una donna. Lei chiaramente non è tipo da relazioni casuali e io non sono il tipo che si sposa. Inoltre, adesso che ho la chance di contare qualcosa per il mio regno, tutto il mio tempo e la mia energia saranno concentrate su Villroy, sull'impresa del casinò.

Adrian sbuffa. «Adesso ci penserò ogni volta che la vedrò. Non avresti dovuto parlarcene.»

Lucas mi fissa. «Ve l'ho detto solo per mettere in guardia Oscar.»

«Perché io?» ribatto. Non è possibile che sia stato così trasparente. Sono un tipo piuttosto rilassato quando si tratta di donne. Sono loro che mi danno la caccia, non viceversa.

Lucas sussulta, si stringe il petto poi si muove barcollando, come ubriaco.

Adrian ride. «È esattamente come sembravi, Oscar!»

Lucas sogghigna. «Odio dovertelo dire, Oscar, ma è sembrato che ti avessero dato una scossa elettrica alle palle quando Polly è entrata nella stanza.»

E ridacchiano.

Scossa elettrica alle palle? Sbatto le palpebre, sorpreso da quanto ci siano andati vicino. È sembrata una scossa elettrica. Un fulmine. Nient'altro. *Negare, negare sempre.*

«Vaffanculo. Non era quello. Mi sono girato verso la porta quando è entrata e ho sentito una fitta al ginocchio.»

«Gi-u-s-to…» dice Lucas tirando in lungo la parola.

«È così» insisto.

«A me è sembrato come se le sue mutande fossero diventate di colpo strette» dice Adrian a Lucas, con la voce che si alza di un paio di ottave verso la fine della frase. E continuano a ridacchiare.

«Piantatela.» Trangugio il resto del brandy, che però non riesce a mitigare la realtà: il fulmine mi ha colpito, finalmente, e per la donna sbagliata.

3

Polly

«Sarai con me in sala parto, vero?» mi chiede Anna più tardi quel giorno.

«Mmm...» Cerco con tutte le mie forze di nascondere la mia forte preoccupazione a quell'idea. Quando Anna mi ha invitato per la nascita di sua figlia, pensavo che mi sarei fatta viva dopo lo show dell'orrore, per offrire allegre congratulazioni. Lei vuole che sia veramente testimone mentre spinge una grossa testa da una piccola apertura in un'area estremamente sensibile? Incrocio le gambe per empatia. «Non ho mai assistito a una vera nascita. Non so quanto potrei essere utile.»

Lei fa segno alla sua cameriera di lasciarci. Siamo nel salottino della sua spaziosa suite, mentre finiamo di prendere il tè, rilassandoci. L'aria è profumata di lavanda. L'atmosfera è molto serena. Siamo sedute a un tavolo rotondo con delle sedie imbottite intorno, accanto a una grande finestra che guarda sul mare. Dall'altra parte della stanza c'è un divano beige davanti a un camino sopra il quale c'è una grande TV a schermo piatto. La sua suite è molto più confortevole della mia a Beaumont, che è molto più formale e arredata con mobili antichi tramandati da generazioni. Non vivo a casa da anni, ho passato là solo le estati e le festività. Dovrei renderla più accogliente per me ora che il momento di diventare regina si avvicina.

Cerco di non agitarmi mentre Anna mi studia con una terrificante determinazione negli occhi appena la sua cameriera chiude la porta. Oddio, sono appena arrivata e ora vuole invitarmi nelle sue regioni basse. Voglio dire, siamo legate, ma c'è un limite, giusto? Ci dovrebbero essere dei limiti. Comincio a sudare freddo.

Lei si china sopra il tavolo, quanto riesce a farlo una donna con trenta centimetri di bambino davanti. «Gabriel insiste che andiamo in un ospedale a Parigi e so che comincerà a dare ordini a tutti e si dimenticherà di tenermi per mano e darmi i pezzetti di ghiaccio. Ecco dove entri in gioco tu. Inoltre tu parli francese.»

In origine, Beaumont era una colonia francese, quindi lì il francese è la lingua ufficiale. Io ho imparato l'inglese quando avevo nove anni, nel modo più difficile: cominciando le scuole negli Stati Uniti. La lingua madre di Marge è l'inglese, uno dei motivi per cui mi aveva accompagnato. La sua severità è la ragione principale. Mi è stata di enorme aiuto durante i primi difficili momenti in cui avevo dovuto adattarmi a vivere negli USA. Col tempo, mi aveva irritato il fatto di avere una babysitter ma ora la rispetto e l'apprezzo veramente.

«Hai detto che stavi lavorando con un tutor di francese» dico, arrampicandomi sugli specchi. «Inoltre il medico probabilmente parla inglese e Gabriel dice che è il migliore al mondo. E hai anche detto che Gabriel è il marito migliore, più solidale che esista.»

I suoi occhi castani diventano due fessure. «Sei un coniglio.»

«Non è vero.»

Lei stringe le labbra. «Una volta non era così. La Polly che conoscevo io è impavida.»

Piego di lato la testa. «E guarda dove mi ha portato. In libertà vigilata per un anno in Florida.»

«Per favore» mi implora. «Non sarà tanto brutto. Dovrai solo tenermi la mano, farmi da interprete e dire cose tranquillizzanti, tipo, "Sei forte! Ce la farai! Puoi farcela!" Voglio un parto naturale, ma ho bisogno di qualcuno che mi sostenga.»

Ci penso. «Quindi sarei come un'allenatrice.» Ho esperienza nell'allenare le ragazzine nel calcio e nella pallacanestro, da quando ero alle superiori. Anche se non vedo molte analogie tra le due cose. *Difesa! Passa! Tira!* Non funzioneranno per tirar fuori la bambina. Forse: *Voglio il centodieci percento, ragazze!*

Le si illuminano gli occhi. «Sì, la mia allenatrice di parto. E non dire a Gabriel che te l'ho detto, ma abbiamo frequentato dei corsi pre-parto. Gabriel era talmente occupato a cercare di dirmi che cosa dovevo fare che temo che gli tirerei addosso qualcosa durante l'evento reale. È talmente abituato a dare ordini.»

Stringo le labbra, cercando di non ridere. Gabriel è un re. Ovvio che cercherà di comandare, qualunque sia la situazione. Anna e io abbiamo un legame fraterno. Desideravamo entrambe una sorella, da sempre, dato che lei è un'orfana e io sono figlia unica. *Voglio* esserci per lei, ma mi viene la nausea solo al pensiero.

Deglutisco forte. «Ho sentito che ci sarà sangue e altra roba.»

«Non è un film dell'orrore. Sarà *bello*.» Anna si alza lentamente, appoggiandosi ai braccioli della sedia per mantenersi in equilibrio con quel pancione ingombrante. È maledettamente enorme e ancora non capisco come farà quella bambina gigantesca a uscire senza che ci sia qualcosa di disgustoso. «Vieni.» Mi indica di seguirla sul divano.

La seguo, ancora un po' nauseata al pensiero del parto. «Che cosa stiamo facendo?»

«Ho registrato alcuni programmi sul parto naturale. Voglio che veda come può essere bello.»

Mi fermo, faccio un profondo respiro per darmi coraggio, e poi faccio la cosa giusta, anche se non è la cosa più facile, perché le voglio bene. «Sarò lì per il tuo parto, okay? È l'unico che avrò bisogno di vedere.»

Lei si volta. «Davvero?» Le si riempiono gli occhi di lacrime e mi abbraccia. «Grazie!»

L'abbraccio anch'io, sentendomi una completa stronza per aver perfino pensato di lasciarla da sola con il miglior medico al mondo e un marito amorevole.

«Sei l'unica famiglia che mi resta» sussurra. «Eccetto la mia famiglia adottiva.» Ha adottato i Rourke, facendone la sua famiglia.

So che cosa vuol dire. Prima dei Rourke, la sua famiglia eravamo solo io e il padre affidatario, Mike. L'ha perso circa otto mesi fa. Ho vissuto con lui in Florida fino alla sua morte, tenendogli compagnia durante gli ultimi stadi del cancro ai polmoni, dandogli tutto il conforto che potevo. Diceva che gli ricordavo una versione più educata di Anna. Ci assomigliamo, in effetti. Lei è spavalda, come me, anche se è più schietta, dato che non è mai stata educata per mantenere il decoro regale fin dalla nascita, come è successo a me.

Mi tiro indietro e la tengo per le spalle. «Mike ci sarà sempre per te. Ti sta guardando da lassù e sono sicura che sia fiero di te come lo sono io. Guardati, sei una regina che sta guidando verso un futuro prospero un regno sull'orlo del collasso.»

«Stai cercando di farmi piangere?» mi chiede, asciugandosi gli occhi. «Accipicchia, Pol, abbi un cuore!»

Sorrido, con gli occhi che bruciano un po'. «A Gabriel dispiacerà che sia lì, voglio dire, in sala parto.»

«Gli ho già detto che ci sarai.»

Scuoto la testa sorridendo. «Perché la cosa non mi sorprende?»

«Probabilmente sarà lieto di avere un po' di sostegno. Diventa veramente emotivo quando si tratta di me.»

Sto cercando di immaginarlo e non ci riesco. Gabriel è una presenza formidabile, normalmente burbero e serio. Anche se sorride a sua moglie, e a me, perché mi dà il merito di averli fatti incontrare. Anna aveva preso il mio posto in quella che si era rivelata essere una competizione nuziale per la mano di Gabriel. Pensavamo si trattasse di ritirare un'eredità e, gente, avevamo bisogno dei soldi. Erano tempi drammatici e avevamo bisogno di fondi per assumere un avvocato di grido, per tenermi fuori di prigione. Avevo speso quello che avevo portato con me per acquistare la palazzina e regalarla ad Anna e non c'era assolutamente modo che mi rivolgessi ai miei genitori. Mi avrebbero ripudiato se avessero saputo che ero scappata negli Usa per sfuggire al matrimonio con il marito che mi avevano scelto per poi commettere un crimine. Alla fine Gabriel aveva usato i suoi contatti e i suoi fondi per tenere tutto sotto silenzio e farmi avere una sentenza ridotta: la libertà vigilata e una multa. È il motivo per cui ho un debole per quest'uomo burbero.

Anna continua. «L'unico problema è che quando si emoziona, Gabriel sembra sempre incavolato.»

«Ah.» Quello riesco a capirlo. «Okay, allora è tutto a posto. Vado a vedere come sta Marge, prima della cena.»

Lei mi accompagna alla porta. «Il medico sarà qui domani per controllare che non sia un'infezione. Solo una precauzione. Ti andrebbe che nel frattempo ti aiuti Lina, la cameriera di Emma? Lei è partita per la sua luna di miele con solo un paio di guardie e l'equipaggio su una specie di casa galleggiante. So che a Lina piacerebbe lavorare per un'altra principessa.» Emma è sua cognata.

«Sai, penso che ne farò a meno. Una volta tanto mi godrò la privacy. La mia guardia ha fatto un passo indietro. È soddisfatto della sicurezza che c'è qui a palazzo. Mi sembra quasi di avere un po' di vera libertà.»

«La galeotta è in libertà. In guardia, Villroy!»

Mi metto a ridere.

Lei torna seria. «I tuoi genitori insistono ancora perché sposi quell'uomo orribile?»

Mi sforzo di mantenere un tono neutro. «Ho accettato di sposare Peter.»

«Pensavo che non ti piacesse» dice con un'espressione imbronciata. «Avevi detto che è viscido.»

«Ho cambiato idea dopo aver passato un po' di tempo con lui. Quando tornerò, ci sono in programma sei settimane di corteggiamento prima del fidanzamento ufficiale.»

«Non farlo.»

Espiro lentamente. «Va tutto bene.» Mi chiedo se sia il caso di parlarle del ricatto ma Anna e Gabriel mi hanno già tirato fuori dai guai una volta e hanno già abbastanza problemi, tra la bambina in arrivo, la loro nuova impresa e il regno. Inoltre sto cercando di tenere nascosto il debito che i miei genitori hanno verso Peter. Devo occuparmene da sola. Mi inventerò qualcosa.

Anna mi afferra più stretto il braccio. «Vedo che hai ancora dei dubbi. Te lo si legge in faccia. Il matrimonio è per sempre nel tuo regno. Dovresti scegliere un uomo che ami.»

Mi infilo i capelli dietro l'orecchio, grata del suo sostegno, anche se lei non capisce la mia posizione impossibile. I matrimoni combinati sono comuni nel nostro regno, quindi lei crede che i miei genitori siano l'unico motivo per cui sono spinta a sposare Peter. I miei genitori mi vogliono bene e, se sapessero del ricatto, proibirebbero il matrimonio, ma allora Peter metterebbe in atto le sue minacce. *Muro, dai il benvenuto alle spalle!* E c'è comunque ancora la faccenda della legge: una donna non può regnare da sola a Beaumont. Con mio padre sul punto di farsi da parte, devo sposarmi in fretta. «Se li sfiderò e resterò nubile, passeranno la corona a mio cugino, più giovane di me e maschio.»

Lei mi guarda attonita. «Solo perché è un maschio?»

«Sì. È quella la legge. Non sono d'accordo, ma non ho nemmeno intenzione di rinunciare al mio diritto di nascita. Beaumont è mia e, quando sarò io a governare, abolirò quel tipo di legge patriarcale.»

Lei mi prende entrambe le mani. «E se trovassimo un sostituto che i tuoi genitori possono accettare? Qualcuno di sangue reale che un giorno potresti amare?»

I miei pensieri volano al principe Oscar e all'insolita reazione che ho avuto incontrandolo. La mia mente si era completamente svuotata ed ero appena riuscita a mormorare un saluto quando ci hanno presentato. Non ho mai sentito un'attrazione così forte per un uomo, quasi magnetica, come se *sentissi il bisogno* di avvicinarmi. Voglio dire, sì, è bello, ma ho conosciuto molti uomini attraenti. È stato sconvolgente e mi ha fatto sentire che stavo perdendo il controllo.

«Adrian è veramente intelligente, si è laureato tra i primi del suo corso» dice Anna entusiasticamente. «Sarebbe un aiuto prezioso per te. E siete vicini per età. Peter è abbastanza vecchio da essere tuo padre.»

Le rivolgo un sorriso triste. «Adrian non è interessato a me e, francamente, lo farei impazzire. È così riservato. Non farei altro che cercare di ottenere una reazione da parte sua.»

Lei ammicca. «Non sarebbe male ottenere una *reazione* da parte sua. Seriamente, però, Gabriel è molto più riservato di me, e funziona benissimo.»

Chino la testa. Nessuno potrebbe mettere in dubbio il loro matrimonio d'amore, ma la posizione di Gabriel era molto diversa dalla mia. «Comunque è irrilevante. Un'alleanza con Villroy non sarebbe altrettanto vantaggiosa di un'alleanza con Peter. Lui possiede metà dei resort dell'isola.»

Lei si pianta le mani sui fianchi. «E allora? Il tuo regno ha prosperato fino ad ora con lui che possiede la metà dei resort. Potrebbe continuare così senza che lo sposi.»

«Devo pensare a cosa sia meglio a lungo termine per il regno. La corona viene sempre per prima.» Specialmente quando è sul punto di essere rovesciata.

«Che ne dici di Oscar?»

Arrossisco solo sentendo il suo nome. Ridicolo. «Non hai intenzione di cedere.»

Lei sorride. «Hai pensato che fosse stupendo, vero? Ho visto il rossore sulle tue guance. Ha il potenziale. So che ha la reputazione di essere un festaiolo, ma forse?»

Le do un'occhiata, devo porre fine a questa idea. Anna può essere piuttosto tenace. «Ho bisogno di un futuro re. Hai un altro Gabriel nascosto da qualche parte? Preferibilmente con abbastanza soldi da far sembrare Peter un poveraccio?»

Lei sorride e scuote la testa. «Spiacente, lui è mio e dopo di lui hanno rotto lo stampo.»

Indico il suo pancione. «Forse lei gli assomiglierà. Una grande leader.»

«Sicuramente sì!» proclama fieramente Anna.

Ingoio il groppo che sento all'improvviso in gola. Come vorrei che i miei genitori la pensassero allo stesso modo sul fatto che io governi da sola. Sono sicura che avrebbero preferito che l'unico loro discendente fosse un maschio invece di una femmina caparbia.

Le bacio la guancia e mi congedo in silenzio.

Quella sera, dopo una deliziosa cena a base di pesce, saliamo tutti sul giardino pensile per continuare la festa. Capisco perché Anna adori la sua famiglia adottiva. Possono sfottersi, ma l'amore che provano l'uno per l'altro brilla splendente. Tutta un'altra cosa rispetto alle cene a casa, dove l'unico suono è Mozart e l'occasionale tintinnio delle posate.

Gli uomini si avvicinano al carrello dei liquori e io seguo Anna e Alice sul bordo del tetto per guardare il panorama. Marge si è persa il ricevimento, esausta per il viaggio e il malessere. Mi ha cacciato via quando sono andata a controllarla, dicendo che tutto ciò di cui aveva bisogno era dormire. So che non sta bene se non si preoccupa nemmeno perché stasera non ho uno chaperon. Perché dovrei averne bisogno? Mancano solo poche settimane prima che sia incatenata per il resto della mia vita, corteggiamento, fidanzamento, matrimonio. Non guardo con piacere a nessuna di queste tappe. Dio, mi serve un piano. Qualcosa per tirarmi fuori da questa situazione impossibile.

«È così bello» dice Alice con voce sognante, ammirando il panorama. «Non riesco a credere di vivere veramente qui.»

Ho incontrato Alice oggi per la prima volta, ma è così entusiasta e sinceramente interessata a tutto e tutti che non riesco a non provare simpatia per lei. Ha una grande gioia di vivere, come me, anche se è molto più dolce. E porta i più adorabili occhiali a occhio di gatto con i cuoricini sui lati. Cuoricini perché scrive storie romantiche. Non ho mai letto storie d'amore, ma potrei leggere una delle sue, solo perché mi piace lei.

Guardo l'orizzonte, il sole che tramonta sul vasto mare. Non è molto diverso da casa mia e questo mi dà un senso di pace. Immagino che il mare diventi parte di te, quando si cresce su un'isola.

«Grazie» dice Anna ad Alice, con aria compiaciuta.

Mi volto a guardarla. «Sei responsabile anche del panorama?»

Lei sorride. «Sono io che ho fatto mettere insieme lei e Lucas.»

Alice fa un inchino formale, con i capelli biondi che le ricadono sul viso. «Mi inchino alla regina dei paraninfi.»

Anna sogghigna. «Com'è giusto.» Poi si rivolge a me. «Ho suggerito un finto fidanzamento, come ispirazione del suo libro e per dare credibilità a Lucas con i banchieri. Mossa geniale e con un secondo fine, giusto?»

Lucas appare di fianco ad Alice e le porge un bicchiere di vino bianco. «Diciamo che il mio fascino ha aiutato parecchio. Alice si è perdutamente infatuata di me la prima volta che ci siamo incontrati nei giardini.»

Alice lo bacia. «E lui è perdutamente infatuato di me.»

Si allontanano insieme, parlando a bassa voce.

«Sono così carini, vero?» chiede Anna.

«Disgustosamente carini» dico facendo una smorfia. «La gente innamorata sa quanto sembra stupida?»

«Stupidamente innamorati» dice Anna con un sospiro.

La voce di Gabriel risuona forte dall'altra parte del tetto. «Anna, non mi piace che stia così vicino al bordo. Sei un po' sbilanciata con quel peso extra. Vieni qua.»

Lei si volta lentamente. «Peso extra?» dice, con un tono di voce tagliente.

Lui si avvicina. «Intendevo dire con la bambina.» Le prende la mano. «Vieni via e… balla con me.» Mellifluo.

Anna gli mette la mano sulla guancia e gli sorride. «Non c'è musica, bello.»

Lui la guarda, con un sorriso sulle labbra.

L'amore tra i due è palpabile. E non è per niente stupido. Mi volto e guardo il mare; mi sembra di invadere un momento di intimità.

«Facile rimediare, tesoro» mormora Gabriel.

Con la coda dell'occhio vedo che la guida lontana dall'inesistente pericolo. Il muretto è alto fino in vita. Bisognerebbe arrampicarsi e gettarsi giù. Mi colpisce uno strano senso di nostalgia. L'ama così tanto che sta attento anche ai pericoli inesistenti.

Sento suonare musica jazz e vedo Gabriel che guida Anna in un valzer lento. Si china e le sussurra all'orecchio, tirandola vicino. Mi si stringe la gola guardando quel momento intimo. Sto diventando una guardona.

Distolgo gli occhi e colgo lo sguardo di Oscar, che alza il bicchiere in un saluto.

Gli rispondo alzando il pollice e poi lascio cadere la mano, sentendomi imbarazzata e fuori fase. Che cosa c'è che non va in me? Dev'essere perché mi ha colto a sbirciare un momento intimo tra Gabriel e Anna. Non potete biasimarmi perché mi interessa. Anna è l'unica che conosco qui. Ho incontrato gli altri solo oggi e, anche se non sono esattamente timida, sono abituata ad avere Marge presente, sempre. Significa che non mi sento mai sola o fuori posto.

Vado verso il carrello dei liquori, decidendo che un drink è un'ottima idea. «Un Martini per favore» dico al cameriere.

Aspetto, prendendo in considerazione di chiacchierare con Alice se non è troppo presa da Lucas. Non voglio disturbare un'altra coppia innamorata. Forse potrei cercare di parlare con Adrian. Anna ha detto che è veramente intelligente. Se riuscissi a parlare con lui, forse ne uscirebbe qualcosa di interessante.

Qualche momento dopo, prendo il Martini che mi porgono. «Grazie.»

«Niente *chaperonne* stasera?» chiede una voce profonda alle mie spalle.

Mi volto di colpo e il Martini mi trabocca sulla mano. «Scusa?» Solo Anna sa che Marge è la mia *chaperonne*. Per tutti gli altri, lei è la mia cameriera personale.

Oscar piega la testa, esaminandomi. Da vicino, i suoi occhi acquamarina sono acuti, mi valutano.

Raddrizzo le spalle e la schiena, ma mi sento ancora fuori fase per via di quell'attrazione magnetica, come se avessi bisogno di appiccicarmi addosso a lui. Terribilmente inappropriato. Mi tengo occupata, prendendo un tovagliolino per pulirmi la mano e gettandolo, per poi bere un sorso di Martini, fingendo indifferenza.

Lui si avvicina, studiandomi intensamente. Le sue ciglia sono folte e incorniciano l'intenso azzurro-verde dei suoi occhi. «Se non hai una *chaperonne*, chi si assicurerà che resti... al sicuro?»

Il cuore batte più forte, le guance si scaldano. Non so se sia perché è vicino o perché non vuole lasciar perdere la faccenda della *chaperonne*. Ho il corpo in allerta, come se ci fosse un pericolo nell'aria, i nervi che fremono. Dev'essere la faccenda della *chaperonne*. Oscar non è pericoloso.

Cerco Anna, che deve aver spettegolato su di me. Lei e Gabriel se ne stanno andando. Probabilmente lei ha bisogno di usare il bagno e lui la sta scortando per assicurarsi che ci arrivi sana e salva. Me lo direbbe se stesse lasciando il ricevimento. Comunque non posso chiederle se ha parlato di Marge. È stata Anna, oppure Oscar ha cercato notizie sul mio regno e la nostra monarchia tradizionalista. E volete saperlo? Le mie origini non sono colpa mia e non sono affari suoi. Nessuno osa mai parlarmi in faccia delle limitazioni che mi sono imposte.

Mi volto verso di lui e alzo la testa, sul punto di rimetterlo al suo posto, solo che il mio respiro diventa affrettato e sento il cuore che batte nelle orecchie. È un attacco di panico?

«Ti metto a disagio?» mi chiede gentilmente. «Ero curioso di sapere come funzionasse. Bevi un altro sorso di Martini.»

Torno in me e mi metto sulla difensiva. «Non dirmi quando devo bere. E chi dice che ho bisogno di una *chaperonne*? Perché una donna adulta dovrebbe aver bisogno di una *chaperonne*?» Scolo il mio drink, svuotando il bicchiere. Perché dovrei fare una cosa del genere? Tracannare il mio drink e sbronzarmi? Perché no? Ho l'età per farlo, in tutti i paesi. Gesticolo furiosamente. «Qual è il problema? Pensi che farò qualcosa di folle? Magari scalerò il muretto e mi butterò in mare!»

Lui si guarda intorno, come se stessi facendo una scenata, prima di tornare a guardarmi. «In effetti, mi sembri un tipo avventuroso.»

«Sì, beh.» Do un'occhiata sopra la sua spalla. Nessuno mi sta prestando attenzione, quindi parlo liberamente. «Hanno detto cose molto peggiori di me.»

Lui si china verso di me, con gli occhi che scintillano di buonumore. «Ad esempio?»

Il suo profumo è divino, come aria di mare fresca e sapone. Faccio un passo indietro. Siamo all'aperto, ovvio che odori di aria di mare. Okay, ha usato il sapone. Capirai. Tutti usano il sapone.

E poi lui sorride, con i denti che brillano bianchi contro lo sfondo scuro della peluria sulle guance, e sono colpita dalla sbalorditiva bellezza del suo sorriso. Peggio che colpita, sono stupefatta, senza più un pensiero in testa.

Lui mi fa l'occhiolino. «Puoi dirmelo. Mi limiterò a prenderti in giro senza pietà.»

Mi scappa una risata. «Sono avventurosa. Non diciamo altro.» Non voglio ammettere ciò che la gente dice di me: impulsiva, testarda, caparbia. E non lo dicono mai in senso buono. Sposto il discorso su di lui. Agli uomini piace parlare di se stessi. «Dimmi di più di questa vostra idea del casinò.»

Lui sorride e questa volta il sorriso arriva fino agli occhi, illuminandoli. Sono *ammaliata*. Sta diventando imbarazzante. Oscar è come una rara eclissi di sole, un fenomeno mozzafiato e non riesco a smettere di guardarlo, anche se sono sicura che mi accecherà se non lo faccio. Non ha sorriso una sola volta a cena. Non riesco a credere di essere come tutte quelle altre donne senza spina dorsale, completamente ammaliate da un uomo troppo bello. Ero decisamente immune, al college. Forse sto prendendo lo stesso malanno di Marge. Sicuramente non mi sento me stessa, sono accaldata e stranamente fuori di testa.

«È stata un'idea di Adrian. Ma io sono pienamente d'accordo.»

Assegna il merito a chi ce l'ha. Mi piace. Mi concentro sul suo sopracciglio mentre rispondo. Sembra più sicuro non rischiare di accecarmi con la sua bellezza, anche se ha un arco perfetto. «Non sono mai stata in un casinò. Sono pacchiani nella vita reale come sembra in TV?»

La sua voce è calorosa e gentile. «È diverso quando sei lì. È una cosa che devi sperimentare dall'interno.»

Sento un brivido percorrermi la schiena. Sembrava suggestivo quello "sperimentarlo dall'interno", poi lui mi volta le spalle e mi rendo conto che non lo era.

«State giocando a poker?» chiede ai suoi fratelli. «Fatemi giocare.»

Io torno al bar e ordino un altro Martini.

La voce di Oscar mi romba all'improvviso nell'orecchio, sorprendendomi e facendomi arrossire dalla testa ai piedi. «Vuoi giocare?»

Mi arrischio a dargli un'occhiata. Mi sembra di stare già giocando una partita di cui non conosco le regole. «Non so giocare.»

Lui inclina la testa con un sorriso diabolico. «Vieni, ti insegnerò io.»

Lo seguo con le gambe che tremano e la testa che nuota in un mare che credo sia di desiderio. Credo sia il mio primo assaggio. *Vuoi giocare? Ti insegnerò io.* Di colpo non c'è nessuno eccetto noi due e lui vuole insegnarmi nel modo più erotico…

«Ho trovato il vostro tipo di giocatore preferito» dice Oscar ad Adrian. «Sprovveduto. Preparatevi a vincere alla grande.»

O forse questa vergine ha bisogno di un po' di tempo *per sé*. Mhmm mhmm.

4

____

Oscar

Mi siedo al tavolo da gioco rotondo accanto ad Adrian che mi dà un'occhiata d'avvertimento. Polly si siede dall'altro mio lato. Lo so, lo so, dovrei mantenere le distanze da lei. Ma era là, tutta sola e sembrava un po' persa. Non ho intenzione di fare niente. Non è che abbia disperatamente bisogno di una donna. Solo la settimana scorsa ero con… Lisa, no, era Elise. Moira? Ricordo solo che aveva i capelli scuri. Il fatto è che includere Polly è stato solo un gesto amichevole.

Alice si scambia di posto con Lucas per sedersi accanto a Polly, che sembra immediatamente più rilassata.

«Aspetta a dare le carte» dice Lucas ad Adrian. «Gabriel e Anna potrebbero voler giocare quando tornano.»

«Leccapiedi» dice Adrian.

Lucas sorride e unisce le mani dietro la testa. «Sono l'AD. Non ho bisogno di leccare i piedi di nessuno.» Si china in avanti e picchietta le dita sul tavolo. «Potresti aver bisogno di leccare tu i miei piedi se vuoi quel casinò.»

Adrian mescola le carte. «Hai detto che era un buon investimento.»

«Potrebbe esserlo» dice Lucas. «Potrebbe esserlo anche un ristorante. In un modo o nell'altro, voglio che la spa cominci a fare utili prima di buttarci su qualcosa di nuovo.»

«La spa aprirà fra tre settimane» dico. «Quanto ci vorrà?»

«Non lo so» dice Lucas. «Dipende da quanti clienti riusciamo a far venire. Siamo prenotati per tutta l'estate, ma dopo dobbiamo tirare a indovinare.»

«Indovinare? Non è compito tuo saperlo?» gli chiedo.

Restano tutti in silenzio. Alice e Polly ascoltano attente.

Lucas tiene la bocca chiusa e mi rendo conto che è una conversazione per un momento più privato. Stiamo attenti a non condividere troppe informazioni con gli estranei, specialmente in caso di discordia. Polly non è esattamente un'estranea, essendo imparentata con Anna, ma non fa nemmeno parte della famiglia. Dobbiamo proteggere a tutti i costi la reputazione della nostra famiglia, specialmente dopo la recente stampa sfavorevole. Giuro su Dio, sembra che mi stia inventando questa roba, ma c'è stato un matrimonio di furry qui, (sì, gente con costumi di animali di peluche) riportato in tutti i raccapriccianti particolari da due riviste per spose molto popolari. Per non parlare di mia sorella Emma che è fuggita il giorno del matrimonio, e il suo ex che ha informato tutto il mondo che siamo una famiglia di bugiardi traditori. Mai un momento di noia.

Alice ci mette del suo. «Forse sarebbe una buona idea fare qualche ricerca sui casinò, come primo passo. Io faccio sempre ricerche prima di buttarmi su in un nuovo libro.» Si rivolge a Lucas con un enorme sorriso. «Ricordi il ballo a Versailles durante il nostro finto fidanzamento? Ricerca fantastica!»

«È quando ci siamo innamorati» aggiunge Lucas.

«È stato in quel momento?» gli chiede Alice, naso a naso con lui.

Lui la bacia teneramente e io distolgo lo sguardo. Sono circondato da idioti innamorati. Almeno Adrian ha ancora la testa a posto. Ha ventiquattro anni e non c'è pericolo che voglia sistemarsi molto presto.

«Forse, potremmo non indebitarci per il casinò» dice Adrian. «Potremmo finanziarlo noi. Oscar? Hai ancora dei fondi investiti dai tuoi giorni di giocatore?»

Scuoto la testa. Quei soldi sono finiti nei costi iniziali per la spa di Villroy. Il resto è legato a un terreno che sa benissimo che non venderei mai. Ha un valore sentimentale. Era stata la prima cosa che avevo comprato con il denaro che avevo *guadagnato* io con una vita di duro lavoro, una volta diventato professionista. Avevo portato mio padre a vederlo, uno stupendo vigneto in Italia. Era stato così fiero di me e felice. Aveva perfino detto: «Se mio fratello non avesse abdicato al trono, obbligandomi a diventare re, avrei avuto successo per conto mio, proprio come hai fatto tu. Forse un giorno crescerai qui la tua famiglia. Il tuo regno personale.» Mi piace immaginarlo, sapendo che è qualcosa che voleva per me. Non ho fretta, comunque. Il matrimonio e la famiglia sono molto, molto lontani nel futuro. Forse tra dieci anni, quando ne avrò trentasette. O più tardi. Mi piace la mia vita da scapolo.

«Giocavi a football?» Mi chiede Polly. «Intendi dire il tipo americano, dove sbattono l'uno contro l'altro o il calcio?»

«Quello vero» dico seccamente. Questo, non è ovviamente il mio argomento preferito, dato il modo in cui sono stato costretto a ritirarmi.

«Anch'io ho giocato a calcio» dice entusiasta. «E a basket e a lacrosse.»

Inclino la testa, sperando che lasci perdere.

«Eri un'atleta» dice Alice a Polly. «Finalmente sono riuscita a diventare amica di un'atleta. Io sono una nerd libresca, amante della storia.»

Ridono entrambe.

«Io ho dei soldi da parte» dice Adrian, guardando me e Lucas. «E conosco il manager del casinò di Monte Carlo. Magari gli piacerebbe investire.»

Lucas scuote la testa. «Gabriel ha detto niente investitori esterni. Vorrebbero delle quote della società e noi vogliamo mantenere il controllo. Tu e Oscar, va benissimo. Una terza parte estranea, no. È il motivo per cui sono andato a chiedere un prestito per accelerare la produzione. E, come ho detto, non voglio che ci indebitiamo più di così in questo momento.»

«Anche con un investitore esterno, dividendo i costi in tre, Adrian e io avremmo la maggioranza dei voti.»

Adrian indica Lucas. «E sei tu il responsabile adesso, quello che deve decidere, signor Amministratore Delegato, non Gabriel. Potrebbe funzionare, purché manteniamo la maggioranza delle azioni.»

Lucas si accarezza la barba. «Forse potrebbe funzionare con l'investitore *giusto*.» Si appoggia allo schienale. «Ma non sono ancora convinto che costruire un casinò sia la cosa da fare.»

«È il motivo per cui ho suggerito di fare un viaggio di ricerca» dice Alice.

«Non avevi parlato di un viaggio» le fa notare Lucas.

«Adesso sì. Andiamo a Monte Carlo. Vediamo che cosa funziona con le balene, facciamo domande, facciamo rotolare i dadi!»

Mi chino in avanti. Sento quasi il sapore della vittoria. A Lucas piace divertirsi e farebbe di tutto per Alice. Se andremo a Monte Carlo, si divertirà e quindi sarà più facile che accetti.

Lucas alza le mani, arrendendosi. «Okay, andremo a Monte Carlo.»

«Yay!» esclama Alice. Poi si rivolge a Polly. «Devi venire con noi. Ci divertiremo tantissimo!»

Polly sorride. «Mi piacerebbe, ma Anna? Non dovrebbe viaggiare inutilmente nel suo stato avanzato di gravidanza, e devo essere con lei per il parto.»

«Le mancano ancora tre settimane» dice Alice, «e mi ha detto che di solito il primo figlio arriva puntuale o in ritardo.»

Polly si morde il labbro e i miei pantaloni diventano improvvisamente stretti. Così fottutamente sexy. *Non guardarla, non guardarla.*

Lucas mette una ciocca di capelli dietro l'orecchio ad Alice. «Partiremo sabato per l'Oregon. Forse non è una buona idea. Possiamo aspettare, vedere come va la spa e poi riparlarne.»

Merda. Lo stiamo perdendo.

«Andremo domani» dice Adrian. «Potremo stare tre notti a Monte Carlo. Chiamo subito Charles.» Si allontana e prende il telefono.

Lucas urla ad Adrian: «Alice e io dobbiamo essere di ritorno per venerdì.»

Guardo Polly, che sembra stia cercando di non eccitarsi troppo. È avventurosa, quindi ovviamente è curiosa di fare quest'esperienza. Mi chiedo se avrà bisogno di una seconda stanza per la *chaperonne,* oppure se dorme con lei per tenerla d'occhio. Tengo la bocca chiusa. La mia curiosità nei confronti della sua *chaperonne* sembra morbosa. È un'usanza così antica che mi chiedo come funzioni. Polly è libera solo all'interno delle mura sicure del palazzo? Non riesco nemmeno a immaginarlo. È come tagliarle le ali quando invece dovrebbe volare.

Anna e Gabriel tornano proprio in quel momento. «Che succede?» chiede Anna. «Adrian sembra eccitato e sta parlando in francese.»

«Sembra che stiano parlando di un viaggetto a Monte Carlo» dice Gabriel. «Il suo posto preferito.»

«Un viaggio di ricerca a Monte Carlo» ribatte Alice. «Vogliamo andare tutti.»

Anna aggrotta le sopracciglia. Polly si affretta ad andare a parlare con lei e Gabriel. Non posso fare a meno di sentire, sono dietro di me. Mi sposto discretamente, osservando Polly che minimizza il bisogno di andare, sorridendo e insistendo che sarebbe perfettamente contenta di restare qui. Anna mi guarda negli occhi. Beccato! Devo cercare di essere più discreto quando spio Polly.

Mi giro sulla sedia, con le punte delle orecchie che bruciano. Non che mi importi se Polly verrà o meno con noi. Penso solo che sarebbe una bella esperienza per lei, viste le limitazioni che le impongono. Sì. È esattamente quello. Tutti dovrebbero avere la libertà di fare un viaggio a Monte Carlo quando viene offerto.

La cosa importante è che Lucas ci sta. Tre notti a Monte Carlo saranno una bomba. È un po' che non ci vado. Non mi dispiace l'idea di inserire un investitore esterno perché saremmo comunque Adrian e io quelli che resteranno a Villroy a gestire l'impresa. La nostra eredità. Mi piace il suono di quella parola. Una parte degli utili sarà reimmessa nel regno. È una situazione vincente per tutti. Purché i numeri quadrino e Lucas sia d'accordo, e anche

Gabriel. È tutt'altro che una cosa sicura, ma sembra promettente.

Do un'occhiata a Polly quando si siede accanto a me, parlando eccitata con Alice mentre decidono che cosa vogliono fare a Monte Carlo. I suoi occhi castani sono brillanti, le guance rosa. Lei *vuole* volare. Sento il calore invadermi il petto. Sono euforico per lei, come se la sua piccola vittoria fosse mia. Mi sento stordito com'era successo a cena quando cercavo di ignorare i suoi sorrisi e le sue risate proprio dall'altra parte del tavolo rispetto a me. E allora non stavo nemmeno pensando al fatto che è vergine, come Adrian aveva detto che avrei fatto ogni volta che la vedevo. Polly è l'epitome di grazia, fascino e bellezza, tutto ciò che ci si potrebbe aspettare da una principessa, e anche di più. Lei risplende. Forse è l'entusiasmo contagioso che emana. È tutto ciò che mi piace in una donna. E sono lieto che la sua *chaperonne* non sia qui per mitigare quella bella luminosità.

Bella luminosità? Il desiderio mi sta instupidendo, mi sono messo a poetare. Diavolo. Sono nei guai. Una principessa vergine che deve sposarsi presto in un regno lontanissimo è il colmo dei frutti proibiti per uno scapolo incallito come me. Specialmente ora che voglio restare a Villroy per partecipare alla nuova impresa.

Mi alzo in fretta e vado da Adrian, che è ancora al telefono. Devo assolutamente assicurarmi che la mia stanza non sia vicina alla sua. Perché mettere la tentazione a portata di mano?

~

Polly

La mattina dopo, mentre vado a controllare Marge, sono così eccitata che praticamente saltello. Partiremo fra un'ora col jet privato dei Rourke da Nantes, in Francia, solo un'ora a mezza di volo fino all'aeroporto di Nizza, a venti chilometri da Monte Carlo. Alice e io andremo a fare shopping appena arriveremo. La completa libertà mi fa venir voglia di correre e abbracciare praticamente tutti. Invece mi accontento di mormorare un allegro "buongiorno" a ogni domestico e guardia che vedo. Anna è stata così gentile, dicendomi di andare e assicurandomi che non aveva intenzione di entrare in travaglio questa settimana. E anche se succedesse, mi porterebbero direttamente a Parigi. Monte Carlo non è poi così lontana, visto che è nel sud-est della Francia.

Questa parte del corridoio è vuota, quindi alzo le mani al cielo e faccio la camminata della vittoria, scuotendo su e giù la testa e sorridendo. Già, giusto, sono libera. Sto giocando d'azzardo, bevendo, sto afferrando la vita con entrambe le mani prima di dover tornare a fare il mio dovere. Accidenti, l'euforia passa completamente ogni volta che penso al mio futuro a Beaumont. Finora non sono ancora riuscita a trovare una buona strategia per togliermi dall'angolo in cui mi hanno ficcato. Il matrimonio con Peter è ancora una reale possibilità. Il mio umore sprofonda e la mia espressione torna seria, ed è probabilmente un bene perché sono quasi arrivata nella stanza di Marge. Non sarà contenta di vedermi fare questo viaggio senza di lei, ma non ho intenzione di trascinarla a Monte Carlo quando non sta bene. È ora che la mia dama di compagnia usi i suoi giorni di malattia.

Busso e lei grida: «Avanti!» e poi tossisce.

Apro la porta e mi avvicino lentamente. «Come ti senti?» È seduta a letto, con i cuscini dietro le spalle. Sul comodino accanto a lei ci sono una caraffa d'acqua, un bicchiere, fazzolettini di carta e ibuprofene.

«La buona notizia è che non ho un'infezione alla gola.» Alza la mano. «Fermati. Non avvicinarti. Non voglio contagiarti.» Tossisce e gracchia: «La bambina.»

Mi fermo a un paio di metri di distanza. «È solo un raffreddore?»

Marge beve un sorso d'acqua. «Per ora. Sono predisposta alle polmoniti. C'è stato il medico poco fa e ha detto che sarebbe tornato fra tre giorni per assicurarsi che stessi migliorando.»

«Sono sicura che migliorerai. Sei forte come pochi.»

Lei annuisce. «Tu, che cosa hai combinato?»

Io ripiego modestamente le mani davanti a me. «In effetti,

ho dei programmi con Alice. Faremo un breve viaggio a Monte Carlo per un po' di shopping.»

«Monte Carlo? Non è dove giocano d'azzardo?»

Io sorriso radiosa. «Sì. Potremmo provare qualche slot machine. Viaggio tra ragazze. Ovviamente ci sarà il principe Lucas. Lui e Alice sono inseparabili. Probabilmente verranno anche i suoi fratelli.»

Lei socchiude gli occhi. «Probabilmente? Due dei suoi fratelli non sono scapoli?»

Annuisco. «Credo proprio di sì. Hanno detto qualcosa sul fare delle ricerche sui casinò. Probabilmente passerò pochissimo tempo in loro compagnia.»

Lei alza le mani. «Non sono in condizioni di viaggiare. Ho la febbre.»

«Va bene. Avrò con me le guardie di palazzo, oltre a Vaughn. Sarò perfettamente al sicuro.» Vaughn è una guardia del corpo di casa, un uomo nativo di Beaumont, quasi trentenne con la testa rasata e una faccia minacciosa. Sarebbe perfetto per recitare la parte del cattivo nei film. Era con me quando ero al college e mi piace molto. Quando siamo rimasti da soli la prima volta, a occuparci di Marge, mi ha detto sommessamente che non avrebbe mai riferito niente di me a nessuno, non a Marge e nemmeno ai miei genitori. Il suo unico compito è proteggermi.

Marge mi guarda sconvolta. «Non puoi viaggiare da sola con degli scapoli. Non riesco a credere che l'abbia suggerito.»

«Non sono da sola. Ci saranno Alice e Lucas, che è l'amministratore delegato della loro nuova impresa. È come un viaggio d'affari con in più una minivacanza per Alice e me.»

«Ti serve uno chaperon.»

Stringo le labbra. «Me la caverò benissimo da sola.»

«Polly.» Si ferma per soffiarsi il naso, tossisce come una pazza e poi beve un sorso d'acqua.

Sento improvvisamente una fitta di senso di colpa. Eccomi qui, felicissima di poter passare un po' di tempo da sola mentre lei si sente così male. «Riposa, Marge. Voglio che ti riprenda il più presto possibile. Ti farò portare un po' di tè col miele.» Mi volto per uscire.

«Aspetta! Se insisti per andare, sarò obbligata a chiamare casa e riferire ciò che stai facendo, è il mio lavoro.»

Mi volto in fretta, lottando per mantenere il controllo. «Non farlo. Non c'è bisogno che sappiano che non mi hai accompagnato.»

«Non mentirò per te. I tuoi genitori controllano regolarmente.» Scuote la testa. «So che vuoi divertirti un po', e lo faremo, appena starò meglio.»

Raddrizzo le spalle e la schiena, inserendo nella voce ogni grammo di autorità regale che possiedo. «Io vado.»

Marge prende il telefono dal comodino, scoprendo il mio bluff. Merda. L'ultima cosa che voglio è essere obbligata a tornare a casa prima. Non posso deludere Anna e non stare con lei in sala parto. È il quel momento che ricordo che Anna mi aveva offerto un'altra cameriera mentre Marge non stava bene.

«Quasi dimenticavo» dico. «Anna si era offerta di fornirmi una cameriera per farmi da chaperon e ora capisco che è importante che l'accetti. Si chiama Lina.»

Lei stringe le labbra, sospettosa. «Voglio conoscerla.»

Apro la bocca e la richiudo. «Certo. Vado subito a prenderla.»

Esco dalla sua stanza con aria indifferente e poi, appena arrivo in corridoio corro nella mia stanza e chiamo gli alloggi della servitù. Innanzitutto richiedo urgentemente Lina, per ordine della regina Anna e poi aggiungo la richiesta per il tè col miele per Marge.

Cinque minuti dopo, bussano alla mia porta aperta. È una giovane donna mora probabilmente sui venticinque, con le guance rosse, come se avesse corso. Sorrido. È perfetta.

Fa una profonda riverenza, chinando la testa. «Altezza, sono Lina. Sono lieta di esserle d'aiuto.»

«Grazie per essere arrivata così in fretta, Lina. Sei mai stata a Monte Carlo?»

Lei si raddrizza bruscamente, con gli occhi castani spalancati. «No, signora.»

«Buone notizie! Faremo un viaggetto. Ora, c'è solo una cosa. Voglio che ti diverta anche tu. Ti pagherò cento euro al giorno oltre alla tua solita paga in modo che possa farlo. Dividerai la stanza per me, per mantenere le apparenze, ma poi voglio che esca e ti diverta. Gioca d'azzardo, bevi, fai shopping. Quello che vuoi. Questa dev'essere una vacanza anche per te.»

Lina resta a bocca aperta.

«Tutto ciò che chiedo è la tua discrezione. Godo raramente di un po' di libertà. Tecnicamente mi farai da chaperon, ma solo di nome. Capito? E ci saranno le guardie intorno, quindi non dovrai preoccuparti per la mia sicurezza.»

Lei fa una riverenza. «Sì signora. La regina Anna è al corrente del mio ruolo per questo viaggio?»

«Sì, è lei che ha suggerito te.»

Lei espira forte. «Sono lieta di saperlo, signora. È una tale sorpresa. Quando partiamo? Ha bisogno di aiuto per le valigie?»

«No, sono a posto. Partiremo tra un'ora e staremo via per tre notti, quindi prepara i bagagli. Sei eccitata? Perché io lo sono.»

Lei sorride per la prima volta. «Sono molto eccitata.»

«Eccellente. Ora, prima che tu vada a fare i bagagli, devi solo incontrare la mia solita cameriera, che è anche la mia *chaperonne*, per assicurarle che sarai una buona sostituta.» Le indico di seguirmi.

«Le dispiacerà che prenda il suo posto, signora?» mi chiede mentre usciamo in corridoio. «Non voglio pestare i piedi a nessuno e mi sembra un viaggio meraviglioso.»

«Non preoccuparti. È a letto con un raffreddore e quand'è malata non mette in soggezione come al solito.»

Qualche minuto dopo, presento Lina a Marge.

«Vieni qua, ragazza» le ordina Marge.

Lina si avvicina obbediente, fermandosi accanto al letto.

«Non troppo vicino» l'avverto. «Non voglio che prenda il raffreddore, lo passi a me e poi io lo passi ad Anna e alla bambina.»

Marge le fa segno di allontanarsi con un gesto secco della mano, come se fosse stata un'idea di Lina quella di avvicinarsi. «Non perdere di vista la principessa Mary. Devi accompagnarla ovunque, sempre. È questo il tuo lavoro. Non deve mai stare da sola con un uomo. Se mancherai al tuo dovere, l'ira del regno di Beaumont si abbatterà su di te.»

Lina mi dà un'occhiata terrorizzata, con gli occhi grandi come piattini.

«Hai capito?» chiede imperiosamente Marge.

Lina si volta verso di lei e annuisce.

Marge tossisce e aggiunge con la voce rauca: «Quando tornerai, voglio un rapporto completo sulla principessa.»

«Sì, signora» dice Lina a bassa voce.

«Andate» grugnisce Marge. «Polly, non farmi pentire di averti lasciato andare.»

«Non lo farei mai.» Le mando un bacio. «Riposa. Mi aspetto che stia meglio quando torno.»

Faccio un cenno con la testa a Lina che si affretta a venire da me. Aspetto di essere a distanza di sicurezza dalla stanza prima di dirle. «Ti dirò io quello che le dovrai riferire. Il nostro accordo è ancora valido.»

«E l'ira del regno di Beaumont, Altezza?» sussurra.

Mi ergo in tutta la mia altezza e rispondo con tutta l'autorità del mio rango. «Sarò presto la regina. Non ci saranno ripercussioni.»

Lina distoglie lo sguardo. «Sì, signora.»

Mantengo un tono leggero perché si capisce che è preoccupata. «L'unica ira sarà la mia se non ti divertirai.»

Lei ride, un po' nervosamente.

Sorrido. Sarà fantastico.

5

———

Polly

Alice mi afferra il braccio quando la limousine si ferma davanti al Casinò di Monte Carlo. «Oh, i miei sensi di nerd si stanno scatenando! Devo fare qualche foto prima di entrare. Questo palazzo è storico, risale al 1863. Ho letto online che è un magnifico esempio di architettura Belle Époque, progettato dallo stesso tizio dell'Opéra di Parigi. Da vicino è ancora più mozzafiato.»

«Fai pure le fotografie» dico, sorridendo del suo entusiasmo.

«Potrà sembrarti familiare, dai film di James Bond» dice Lucas.

Ho visto solo il più recente e non ricordo che vi fosse un casinò.

«Ho scoperto che Lucas è già stato qui» mi dice Alice. «Voleva solo che mi divertissi un po'.»

Lucas sorride. «Vero, ma non ci ero mai stato mentre prendevo in considerazione di avere un nostro casinò. Prospettiva diversa.»

Adrian e Oscar restano in silenzio, ma sembrano entusiasti. La mia cameriera, Lina, ha il naso praticamente appiccicato al finestrino della limousine.

Appena scendiamo dall'auto, Alice dice: «Andiamo a vederlo dall'altra parte della strada, prima di entrare.»

Attraversiamo tutti la strada verso un magnifico spiazzo, con una fontana, statue di marmo, palme e altre piante. Le palme mi ricordano casa mia.

Mi volto e guardo il casinò dallo spiazzo mentre Alice esclama entusiasta e fa una foto dopo l'altra. È un edificio magnifico, grande, a più piani con una bella facciata con finestre con i balconi, statue e cupolini. Una grande cupola arretrata è affiancata da altre due più piccole. Mi ricorda uno *château* francese, tutt'altra cosa rispetto all'immagine che avevo dei casinò che, me ne rendo conto adesso, derivava da quelli di Las Vegas. Questa è l'eleganza del vecchio mondo. Provo un brivido di eccitazione. Una cosa così bella mi fa pensare che un casinò potrebbe essere una magnifica aggiunta a Beaumont. Mi chiedo se potrei far togliere il divieto del gioco d'azzardo, a casa. Ne dubito. Anche se la nostra monarchia ha abbracciato la prosperità, ci atteniamo a uno stretto codice morale. Sono le nostre tradizioni che rendono forte il nostro regno. Mi è stato inculcato nella testa fin dalla più tenera età. Una speciale di motto di famiglia.

La mia guardia del corpo, Vaughn, aspetta dietro di me. Adrian e Oscar stanno parlando sottovoce mentre Lucas sorride ad Alice. Sembra adorare il suo entusiasmo. Finalmente Alice ha fatto abbastanza foto.

«Scommetto che l'interno è ancora più bello» dice Alice. «Andiamo!»

«Non puoi fare fotografie all'interno» l'avverte Lucas. «Non è consentito. Inoltre ci sono un mucchio di persone famose che vengono qui e che non vogliono essere fotografate.»

«Sono con delle celebrità!» dice Alice indicandolo. «Quindi sono una di loro e non gli dispiacerà.»

«Oh, sì, invece» diciamo contemporaneamente Lucas e io.

«Fingi indifferenza, come me» dico ad Alice e poi apro la bocca e punto il dito come se avessi appena avvistato una famosissima star del cinema.

Lei ride. «Per favore, non dirmi che ho quella faccia.»

Le sorrido. «No, quella sarebbe la faccia delle turiste insopportabili che noi non saremo. Noi ci confonderemo con le balene.»

«Ce-e-e-r-to, confondersi.»

«È tutta questione di vestiti e atteggiamento giusti.» Ho dovuto imparare a confondermi, passando da un regno tradizionalista al collegio e poi al college. Per non parlare del mio periodo come principessa in incognito, con un bel guardaroba del Target. Mi piace quel grande magazzino.

«Staremo qui» dice Lucas indicando lì accanto un altro bell'edificio nello stesso stile architettonico Belle Époque. «Hôtel de Paris.»

«Sì» dice Alice con un lungo sospiro.

Alice e io torniamo dall'altra parte della strada, con tutti al seguito. Lei mi sussurra: «Anna mi ha detto che dovrai sposarti presto per poter prendere il tuo posto da regina. Hai un fidanzato?»

«Lo avrò presto» rispondo. «Quando tornerò a Beaumont si aspettano che sposi Peter dopo le obbligatorie sei settimane di corteggiamento con Marge che farà da chaperon. Capisci perché voglio un po' di libertà qui prima di essere legata.»

«Oh, Polly, sembri così rassegnata. È la cosa meno romantica che abbia mai sentito!»

«Non deve essere romantica. Io devo fare il mio dovere, forgiare un'utile alleanza e mettere al mondo il prossimo erede.» La ragguaglio su ciò che ci si aspetta tradizionalmente da me, facendo di tutto per nascondere la mia frustrazione per la situazione in cui mi trovo. Non voglio altre domande su Peter.

Sento qualcuno che mi fissa e mi volto, incrociando lo sguardo di Oscar. Mi sta guardando con la pietà negli occhi. Io non voglio la sua pietà.

Mi rivolto ad Alice e dico con fermezza. «Sono soddisfatta dell'unione. Peter ha il lignaggio giusto, possiede metà dei resort dell'isola e il nostro matrimonio unirà tutte le proprietà. La mia famiglia possiede l'altra metà.»

«Lo ami?» mi chiede.

«No, ma conosco il mio dovere.»

Lei alza una mano, come per fermarmi. «Dovresti sposarti solo per amore. Perfino nei miei romanzi Regency mi assicuro che le alleanze favorevoli siano bilanciate dall'amore.»

Stringo le labbra. «È quella la differenza tra la fiction e la realtà.»

Lei si ferma davanti alla porta del casinò e mi afferra il braccio, «Per favore, non sposarti per dovere.»

«Se non lo farò, il titolo passerà a mio cugino.» Ricaccio in fondo la rabbia. Non è il momento. «Per favore, non parliamone più. Voglio godermi il tempo che passeremo qui.»

Lucas tiene aperta la porta, scambiando un'occhiata con Alice. So che, essendo di famiglia reale, capisce la mia posizione meglio di Alice. Lei è un'americana, con un punto di vista molto romantico, visto ciò che scrive.

Grazie al cielo, quando mettiamo piede nel casinò, Alice ammutolisce davanti allo spettacolo e lascia misericordiosamente cadere l'argomento del mio futuro matrimonio. Lina si sta guardando intorno, con gli occhi sgranati, e io assorbo tutto. L'atrio è una stanza a volta, alta due piani, progettata per impressionare, con colonne ioniche di marmo che sostengono la galleria del secondo piano, con la sua balaustra. Due grandi dipinti a olio attirano la mia attenzione. Il posto è fin troppo decorato, ma in modo elegante, con un soffitto a vetrate, candelabri di bronzo e un pavimento di marmo intarsiato.

«Ho sentito che qui ci sono eventi molto speciali, come spettacoli» sussurra Alice.

Lucas le bacia la guancia. «Ti adoro.» Stupidamente innamorati.

Si avvicina Adrian. «Venite, vi porto a fare un giro e poi siamo invitati a un ricevimento da Charles questa sera. È uno degli investitori privati di questo casinò e quello che lo gestisce. Ovviamente non ha la maggioranza delle azioni, dato che non fa parte della famiglia reale, ma è pieno di soldi e ha il tipo di esperienza che ci potrebbe essere utile.»

Alice rimbalza sui piedi e Lucas le mette un braccio sulle spalle, in effetti, impedendole di decollare.

Cerco di non guardare come un'ebete quando cominciamo

il tour, passando da una stanza all'altra di un'eleganza opulenta, e io sono abituata all'eleganza. Questa è diversa, però, come se fossi andata indietro nel tempo. Lampadari di cristalli illuminano affreschi storici in una stanza intima; un'altra grande stanza è a volta, alta due piani e ricorda una vecchia grande stazione ferroviaria, con tavoli da gioco e un ristorante. In una stanza più piccola, arredata in bronzo e verde la luce morbida si riflette sui tavoli di mogano. Ci sono le slot machine che mi aspettavo, ma si gioca anche a black-jack, poker, roulette e dadi. Perfino i tavoli da gioco sono stupendi. Il legno è elegantemente intagliato e sul feltro verde è ricamato il logo del casinò.

Finiamo il tour e Adrian ci dice: «Per poter accedere alle stanze da gioco private serve una carta Élite. Sono per le partite con le poste più alte. Spero che quello che avete visto vi abbia dato un'idea di ciò che potremmo usare a casa. Io vado a giocare a poker per un po'. Incontriamoci per la cena alle sette. Farò io le prenotazioni.»

Oscar gli fa un saluto militare.

Adrian sorride. «Sono troppo prepotente? Questa è come la mia casa lontano da casa. Sentitevi liberi di suggerire qualcos'altro.»

«Te la stai cavando benissimo» dice Oscar. «Gioco, cena, ricevimento. La giornata che piace a me.»

«Pronta ad andare a fare shopping?» mi chiede Alice. «Lucas mi ha detto che ci sono negozi e una favolosa gelateria appena più avanti.»

«Sì!»

Mi rivolgo a Lina, che è in silenzio al mio fianco. Ha ancora la sua divisa da domestica, pantaloni neri e camicia bianca button-down. «Ti piacerebbe venire con noi?»

Lei sorride. «In effetti, signora, avrei voglia di provare le slot machines.»

«Certo! Divertiti. Ci vediamo a cena. Ti manderò un messaggio quando saprò dove andremo.»

Lei abbassa gli occhi. «È sicura di volere che venga a cena con voi, Altezza?»

«Sì. Fai parte del gruppo. A meno che tu preferisca provare il servizio in camera e andare per conto tuo.»

Lei alza la testa. «Cenerò con voi, signora, grazie. Sarò discreta quanto più possibile, come mi ha chiesto.»

A quel punto, apro il portafogli e raddoppio il prezzo del silenzio, dandoglielo senza farmi notare. «Un piccolo extra per giocare.»

«Grazie, signora» dice felice.

Appena se ne va, Alice chiede, incredula: «La paghi in contanti? Pensavo facesse parte dello staff di palazzo.»

La prendo a braccetto e usciamo insieme al sole, sentendomi leggera e libera, Vaughn ci segue educatamente a un paio di metri di distanza. «È una lunga storia.»

«Mi piacciono le storie.»

«Dovrei leggere i tuoi libri. Non sono mai stata una grande lettrice. La maggior parte dei libri mi annoia, ma ho la sensazione che i tuoi sarebbero diversi.»

«Spero che non ti annoino e nel caso non voglio saperlo. Allora, perché stai pagando Lina?»

Mi volto a guardarla. I suoi occhi azzurri brillano di intelligenza attraverso i suoi occhiali a occhi di gatto. «Osservatrice e franca.»

Lei mi sorride. «Esattamente come sono io. Aspetta.» Si ferma e toglie un paio di enormi occhiali bianchi dalla borsa, scambiandoli con quelli che indossava. «Sono lenti graduate. Allora, che cosa sta facendo o *non* facendo Lina?»

«Solo tra te e me.»

«Ovviamente.»

Riprendo a camminare. «La sto pagando per *non* farmi da chaperon.»

«Oh, per via di quella faccenda della verginità?»

Mi fermo di colpo. «Anna te ne ha parlato?»

Lei fa una smorfia. «Mi dispiace. Ha menzionato il fatto che saresti arrivata con una *chaperonne* e una guardia, quindi la mia naturale curiosità mi ha portato a fare domande. È un segreto?»

Sospiro e ricomincio a camminare. «Non esattamente un segreto, ma avresti dovuto conoscere le idiosincrasie del mio

regno per saperlo. Non finiamo spesso sui giornali scandali-
stici, data la nostra stretta aderenza al protocollo. Non è una
cosa che vorrei circolasse.»

«Oh, lo sa anche Lucas. Anna spesso si confida con me,
dimenticando che c'è lui sullo sfondo. È molto discreto, però.
Se non vuoi che dica niente, gli farò sapere che è un segreto.»

Adesso so come faceva Oscar a sapere di Marge, ieri sera.
Probabilmente lo sanno tutti. Stringo i denti. «A questo punto
non importa.» Qualcosa dentro di me si ribella. Se dovrò
sposare Peter, se non c'è modo di tirarmene fuori, allora non
voglio che sia lui ad avere la mia verginità. Voglio regalarla in
una notte fantastica, una grande avventura. Perché dovrebbe
ottenere tutto lui?

Ovviamente, c'è la faccenda del medico reale che mi
controllerà prima della cerimonia nuziale. Forse potrei
pagarlo. No, non funzionerebbe. L'ho preso a calci nelle palle
troppe volte quando cercava di farmi le iniezioni perché sia
rimasta nelle sue grazie. E, ovviamente, Peter lo noterebbe.
Forse sarebbe comprensivo, per via dell'alleanza finanziaria.
Consolidare le proprietà da cui trarrebbe direttamente
vantaggio può farlo sorvolare su molto. Nessuno meglio di
me sa quanto sia motivato dal dio denaro.

È possibile che i miei genitori ci passino sopra, per favorire l'alleanza con Peter, oppure rischierei il mio posto di
regina per un'ultima avventura? Forse non sono impulsiva
come una volta. Guardatemi, sto veramente valutando le
conseguenze. Uffa. Vorrei non dover nemmeno pensare a roba
simile.

«Mi dispiace» dice Alice. «Continuo a fare una gaffe dopo
l'altra toccando questi argomenti spinosi. Da adesso in poi
sarà solo divertimento. Faremo shopping, berremo drink
fruttati e sfileremo per il casinò come se fossimo a casa
nostra.»

«È casa nostra, sciocchina.»

Lei sorride. «Cerchiamo di recitare bene la parte.
Mondo glam!»

«Tu sei già glam!»

«Grazie, questo è il mio vestito per quando voglio far

festa.» Si passa la mano sull'abito rosa a pois. «Ma Lucas mi ha dato la sua carta di credito, dicendomi di scatenarmi.»

Scoppio a ridere. «Sembra divertente.» Mi attira l'idea di scatenarmi.

~

Oscar

Far festa. Il mio momento preferito. Siamo nell'attico di Charles Blanc, un appartamento in un albergo convertito, non lontano dal casinò. È un posto ultramoderno, chic, arredato completamente in bianco: pavimenti di marmo bianco, pareti bianche, alti soffitti bianchi. La zona di soggiorno principale, un ampio spazio aperto dove sono riuniti tutti, ha divani e poltrone bianche e ci sono cuscini blu scuro sparsi in giro. Quadri di arte moderna danno una nota di colore in nicchie nelle pareti e al centro dello spazio c'è un grande camino aperto sui due lati. Due lati della stanza hanno finestre a tutta altezza che guardano sulla città e sul mare. Mi piace, anche se preferirei essere effettivamente con il nostro ospite, l'investitore chiave che speriamo di attirare per il potenziale casinò di Villroy.

Raggiungo Lucas e Adrian che stanno ammirando il panorama.

«Dov'è la tua altra metà?» chiedo a Lucas.

Lui solleva un sopracciglio. «In questo momento è l'altra metà di Polly. Dopo cena sono andate a *Le bar américain*, per sperimentare l'atmosfera di uno speakeasy del 1920. L'ha definita l'addio al nubilato di Polly in tre notti.»

Sento lo stomaco che si stringe. Ho sentito per caso Polly parlare del suo imminente matrimonio. Non sapevo che avesse un fidanzato, solo che avrebbe dovuto sposarsi presto e la parte peggiore è che quanto ho colto il suo sguardo non ho visto la sua solita luce. Sembrava morta dentro. Non voglio mettermi in mezzo, ma come posso non fare niente quando è incastrata in un matrimonio che sembra più un contratto d'affari. Sembrava così rassegnata, per nulla la vivace Polly che conosco.

Anche se non ho intenzione di sposarmi tanto presto, so che può essere una bella cosa, con il partner giusto. I miei genitori erano molto uniti e ho visto come sono felici i miei fratelli maggiori con le loro compagne. Perfino mia sorella Emma, la più tradizionalista delle principesse, si è liberata dai vincoli del suo matrimonio combinato. Ora è felicemente sposata con il più improbabile degli uomini, la leggenda del rock Jackson Walker. *È importante* chi sposi. E so che Polly ha detto che sa qual è il suo dovere, ma forse non ha visto l'amore in azione, non abbastanza da sapere che cosa si sta perdendo. Forse stare vicina alla mia famiglia le aprirà gli occhi. Lo spero. Non sopporto l'idea che sembri morta dentro, e faccia solo il suo dovere per tutta la vita.

Lucas continua: «Alice non è contenta del prossimo matrimonio di Polly, da romantica qual è, ma le ho detto che i matrimoni per forgiare utili alleanze sono normali in molte monarchie. Perfino i nostri genitori avevano suggerito dei matrimoni combinati a tutti noi.»

«Ma solo Gabriel ed Emma li avevano accettati» dico. «E nessuno dei due alla fine è andato fino in fondo.» Gabriel, essendo l'erede, era tenuto a standard più alti. Immagino che sia la stessa cosa con Polly, essendo anche lei l'erede.

«Non c'è niente che ci possiamo fare» dice Lucas, fissandomi. «Come ho spiegato ad Alice.»

Distolgo lo sguardo, bevendo un sorso di scotch. Non me ne dovrebbe importare tanto. Solo che Polly è così giovane e piena di vita. Sembrava così felice a cena, parlava e rideva con Alice e Lucas. Mi sono ritrovato a guardarla un po' troppo e mi sono obbligato a concentrarti sugli affari con Adrian. Comunque non riesco a non pensare al suo fidanzato. E se non l'apprezzasse e cercasse di spegnere la sua luce?

Tutti dovrebbero poter dire la loro sulla persona che sposeranno. Non so perché sono così fissato su di lei. Dev'essere perché è un frutto proibito. Non riesco a immaginare per quale altro motivo le mie reazioni nei suoi confronti siano così forti. Anche quando non è nella stanza, solo pensare a lei o sentire il suo nome mi agita.

«C'è molto chiasso in quel bar?» chiede Lucas ad Adrian. «Forse dovrei fare una scappata.»

«È piuttosto tranquillo» dice Adrian. «Musica jazz e piano. Nella maggior parte del bar non c'è casino fino a tardi.»

Lucas annuisce. «Ho mandato Louis con lei e c'è la guardia del corpo di Polly.» Louis è una delle nostre guardie del corpo più grosse. Abbiamo un'altra guardia, Michael, qui con noi, che ci controlla da una breve distanza. Lucas prende il telefono. «Voglio solo controllare.»

Adrian mi guarda facendo una smorfia. Io scuoto la testa. Patetico. Lucas non riesce più nemmeno a godersi un drink senza sentire la sua donna. È lui quello stracotto.

«Dov'è Charles?» chiedo ad Adrian. Non vedo il nostro ospite da quando siamo arrivati, mezz'ora fa.

«Ha una riunione privata al piano di sopra» dice Adrian sogghignando. È dove ci sono le camere da letto.

«Non poteva aspettare fino alla fine della festa?»

Adrian fa spallucce.

Mi guardo attorno. La maggior parte delle conversazioni è in inglese, una lingua comune tra i ricchi e i famosi del mondo. Giuro che quello è uno degli attori che ha recitato il ruolo di James Bond un po' di tempo fa. Riconosco anche alcune attrici, ma non attirano il mio interesse. Non è il motivo per cui sono qui.

Un'ora dopo, mi sto irritando. Charles si è finalmente fatto vivo, ma abbiamo parlato con lui solo per un paio di minuti prima che andasse da qualcun altro. Sta mescolandosi con i suoi ospiti ultra ricchi, importanti per il casinò, ma dobbiamo parlare di affari.

«Smettila di sembrare incazzato» mi dice Adrian sottovoce. «Niente affari stasera.»

«Lo abbiamo a malapena visto.»

Lucas si muove di scatto.

«Dove sta andando con tutta quella fretta?» chiedo ad Adrian.

E poi vedo il motivo. Lucas sta accompagnando verso di noi Alice, che indossa un abito nero a maniche corte, con le frange, che sembra provenire direttamente dal 1920, con un nastro nero tra i capelli. Louis, la nostra guardia è al suo fianco e la guardia di Polly è dietro al gruppo. Lina, una delle domestiche di palazzo, con un abito nero senza maniche, continua a lanciare occhiate a Louis, ammirandolo. E poi *lei* esce da dietro di loro ed è come se avessero risucchiato tutta l'aria dalla stanza.

È stupenda. Polly si è tolta la camicetta e la gonna modesta che aveva indossato a cena. Ora ha un abito a sottoveste, che finisce a metà coscia, con frange d'argento, sottili spalline che si romperebbero al minimo strappo e una profonda scollatura rotonda. La sua pelle brilla cremosa, liscia, perfetta. Gambe lunghe, i piedi in scarpe color argento dai tacchi alti, con un cinturino sexy intorno alla caviglia. Percorro con lo sguardo le sue curve perfette. I riccioli scuri sono raccolti in una coda di cavallo alta e lasciano scoperto il collo elegante. Ho il cuore che batte più forte, il sangue che scorre veloce nelle vene, le dita che prudono dalla voglia di toccarla.

Non ha l'aspetto di una principessa vergine.

È favolosa, sexy e la desidero tanto da non riuscire nemmeno a pensare. Le sono di fianco prima ancora di accorgermi di aver attraversato la stanza. «Com'era il bar?»

Lei sorride felice e io sento una fitta al petto nel vederla così raggiante. «Meraviglioso!»

Alice si appoggia al mio braccio, un po' barcollante e decisamente sbronza. «Polly è eccezionalmente audace stasera. Non dovrebbe far vedere le spalle in pubblico.»

Polly ride. «O la schiena.» Si volta per mostrarmi la schiena nuda e il vestito aderente sul bel sederino. Piroetta di nuovo e le frange si allargano intorno a lei. «O le ginocchia.» Si piega in avanti, mettendo le mani sulle ginocchia e dandomi una vista mozzafiato del suo decolleté. Resto senza saliva. Polly si raddrizza e alza in aria le mani. «Ta-da! Stupitevi, tutti.»

Io ridacchio. «Quanto hai bevuto?»

Lei mi dà un colpetto sul naso. «Solo il giusto, principe Oscar.» Si rivolge a mio fratello: «Salve, principe Adrian. Sei affascinante con quella giacca.»

Ehi, ho anch'io una giacca. Le piace Adrian?

Adrian le rivolge un lento sorriso. «Grazie. Sei adorabile quando sei brilla.»

«Oh, non sono per niente brilla.» Avvicina la faccia a quella di Alice. «Giusto?»

«Giusto!» esclama Alice a voce alta. «Non brilla ma comunque totalmente adorabile.»

Louis prende da parte Lucas per una conversazione sussurrata. Potrebbero esserci problemi se l'addetto alla sicurezza ha bisogno di fare rapporto. Che cos'è successo in quel bar?

Do un'occhiata a Lina, che ha gli occhi bassi e la testa voltata verso Lucas e Louis e sta palesemente origliando.

«Allora, cos'altro c'è nel programma dell'addio al nubilato?» chiedo ad Alice.

Lei alza un dito. «Per prima cosa, importantissimo, un cappello a forme di pene.»

«Shh!» dice Polly, sussurrando, ma ad alto volume. «Non dovresti dire pene a voce alta. Sono membri, rimembri?»

Entrambe si piegano in due dalle risate.

Alice riesce a dire, con la voce soffocata. «Fa rima. Membri, rimembri. Umorismo Regency.»

«Umorismo del cazzo!» esclama Polly. «Che diavolo è il Regency?»

Resto a bocca aperta. Polly non aveva pronunciato una sola parola forte da quando ci siamo incontrati. La fa sembrare più avvicinabile.

Le prendo la mano e sfioro le nocche con un bacio, una delle mie mosse migliori. Sono audace anch'io stasera.

Polly spalanca gli occhi castani per lo shock.

Mi viene quasi voglia di ridere. «Il Regency è il periodo storico di cui preferisce scrivere Alice.»

«Oh.» Fissa la sua mano nella mia. «Perché l'hai fatto?»

«Perché apprezzo uno scherzo del cazzo.»

Lei arriccia il bel nasino. «Stai parlando in modo inappropriato con una donna del mio rango.»

«Abbiamo lo stesso rango, giusto?»

Lei piega di lato la testa, riflettendo. «Già, vero.» Sorride, solleva la mia mano e studia l'interno del mio polso. «Guarda. Sangue blu, proprio come me.»

«Anch'io!» dice Alice alzando il polso. «Lucas pompa dentro di me ogni volta che può. Senza profilattico, quindi penso…»

«Alice!» sbraita Lucas.

Lei si volta e sorride. «Lucas, stavo proprio parlando di te.»

Polly mi dà un'occhiata divertita e sussurra: «Inappropriata.»

Lucas mette un braccio intorno alla vita di Alice. «Sì, abbiamo sentito tutti. Vorresti qualcosa da mangiare?»

«Non ho fame. Non ricordi la cena?»

Lucas le sorride indulgente. «Che ne dici del cioccolato?»

«Oh, sì. Ho sempre posto per il cioccolato.»

Lui la guida verso un tavolo carico di dessert.

«Credo siamo rimasti solo noi due» mi dice Polly.

Mi guardo intorno. Adrian è dall'altra parte della stanza e sta parlando con gente che sembra conoscere bene. Louis se ne sta andando con Lina. Immagino che sia fuori servizio perché abbiamo due guardie con noi. Mi volto verso di lei. «Immagino di sì.»

«Mi piacerebbe un drink» dice annuendo.

E sapete una cosa? Non riesco a negarle di passare un bel momento, anche se domani mattina lo rimpiangerà. Quante volte capita di divertirsi a una principessa vergine continuamente controllata?

La sua guardia resta a una certa distanza, attento, ma lasciandole spazio.

Le faccio segno di seguirmi, e ci dirigiamo al bar appena fuori dalla cucina.

«Che cosa stavi bevendo?» le chiedo mentre ci mettiamo in file dietro a un paio di attrici.

«Vediamo. Prima ho bevuto due Martini, shakerati, non mescolati in onore di Bond. Quindi adesso prenderò…» Si picchietta le dita sulle labbra rosa. «Tu che cosa bevi?»

Io faccio ruotare nel bicchiere quello che resta dal mio drink. «Scotch.»

«Non l'ho mai assaggiato. Posso?»

Glielo passo. Lei ne beve un sorso e quasi lo sputa. «Bleah. Ha un sapore orribile, come lo sciroppo per la tosse che Marge mi ficcava in gola quando ero piccola.»

Nascondo un sorriso. «Okay, allora niente scotch. Cosa ti senti…?»

Lei si passa le mani lungo i fianchi e sculetta un po'. «Mi sento favolosa.»

Riesco a non ridere. Non ho intenzione di cascarci, sia letteralmente, sia per flirtare. «Che ne dici del vino? Chablis? Chardonnay?»

«Il tuo francese è ottimo.» Passa al francese, presumendo dalla mia pronuncia del nome dei vini che lo conosca abbastanza da capirla. Fortunatamente è così. Sono bilingue, come tutto il resto della mia famiglia. Mi sta parlando di Marge, la sua *chaperonne*, e di come si senta in colpa per essere così felice qui a Monte Carlo mentre Marge è a Villroy, malata.

Le parlo anch'io in francese. «È dove dev'essere e non c'è niente di male nel divertirti nel frattempo. Sei una donna adulta e averla sempre con te è esagerato. È un peccato che non si prenda una pausa ogni tanto e si diverta un po' anche lei. Allora potresti divertirti senza sentirti in colpa.»

«Sì! È esattamente il motivo per cui ho corrotto Lina, obbligandola a divertirsi. Voglio dire, per divertirmi io e anche lei. Entrambe. Ha una tale cotta per Louis. Personalmente penso che lui abbia il collo troppo grosso.»

Mi fremono le labbra per la voglia di ridere, e trascuro un'altra opportunità per flirtare. *Grosso può andar bene nei posti giusti.* Visto, posso essere amichevole senza superare i limiti. «Hai corrotto Lina?»

Polly sospira e si avvicina al barista. «Mi dia la vostra specialità.»

Lui si rivolge a me con uno sguardo interrogativo.

«Un bicchiere di Chablis, per favore.» Poi mi rivolgo a Polly. «Stai pagando Lina sottobanco? È a libro paga.»

«Il vostro! Ho bisogno che sia sul mio. Marge ha minacciato…» prende il suo drink, «… grazie!»

Facciamo un passo indietro e torniamo a mischiarci tra gli ospiti. «Minacciato cosa?»

«Di scaricarle addosso l'ira del mio regno se mi avesse lasciata incustodita.» Alza il bicchiere. «Ma indovina chi è a capo del regno?»

«Tu?»

Lei fa una smorfia. «Quasi. Dopo il matrimonio.» Beve un lungo sorso di vino. «Oscar, non voglio parlare del mio regno né in francese né in inglese. Specialmente non in francese. È la mia lingua madre e mi ricorda il cappio che ho intorno al collo con quello stupido di Peter.»

Evito di farle notare che ha cominciato lei a parlare in francese, perché odio il fatto che si senta un cappio al collo. È uno spirito libero che dovrebbe poter vivere secondo le sue condizioni. Torno all'inglese. «Che cos'ha che non va Peter?»

Lei finisce il vino in un solo lungo sorso e alza il bicchiere. «Penso che ne prenderò un altro.»

La guardo mentre ordina un altro bicchiere. Se vuole ubriacarsi, va bene. La terrò al sicuro. Ha bisogno di una tregua da tutta la pressione che si sente addosso.

Quando ha il bicchiere pieno in mano, la guido verso un angolo tranquillo della stanza. Lei si appoggia alla parete con un sospiro. «Alice ha un'immaginazione talmente salace.»

Mi metto davanti a lei, attento a mantenere le distanze. «Ho sentito che le sue storie sono piuttosto piccanti. Le hai lette?»

«No, ma ho intenzione di farlo. Anche se potrebbe essere una cattiva idea, perché…» Guarda il soffitto e sembra stia riflettendo, prima di guardarmi nuovamente negli occhi. «Aspettative. Devo tenerle basse.» Gesticola violentemente. «Immagino abbia saputo della faccenda della verginità.»

Mi avvicino di più. «Abbassa la voce.»

«Perché?» chiede a voce alta. «Lo sanno tutti! Anna ha la lingua lunga e anche Lucas.» Mi punta un dito in faccia. «So che è così che l'hai saputo.»

Continuo a voce bassa, sperando che mi imiti. «Non ha importanza.»

«Sì, invece.» ha gli occhi grandi e vitrei. «Voglio che sia

alle mie condizioni. La mia verginità, la mia avventura. Magari stanotte!»

Sto cercando di farle abbassare la voce. Sono sicuro che la gente l'abbia riconosciuta, e non farà bene alla sua reputazione. Quindi le sussurro: «Com'è quel vino? Riesci a sentirne il sapore o sei troppo sbronza per notarlo?»

Lei inclina il bicchiere e ci infila la lingua per assaggiarlo. Mio Dio, tutto ciò che fa mi tenta. Distolgo gli occhi. Dovrò chiedere ad Alice di riportare Polly nella sua stanza se continuerà a esagerare.

Lei beve il vino a piccoli sorsi e schiocca le labbra. «Sa di vino.» Finisce il bicchiere e me lo passa, come se fossi il suo maggiordomo personale.

Adesso ho un bicchiere in ogni mano, quindi, quando Polly si appiccica a me non posso evitare il suo abbraccio. Sento un'ondata di calore. La sensazione è che sia "giusta", *perfetta*. È questo il problema.

Lei mi guarda, con le braccia intorno alla mia vita. «Siamo magneti. Lo so da quando ci siamo incontrati.»

«Magneti?» ripeto, confuso.

Polly ride. «Sì, è il magnetismo che mi fa venire voglia di premermi contro di te.» Si alza sulla punta dei piedi e mi sussurra all'orecchio: «Posso dirti un segreto?»

Reprimo un gemito, ma non mi stacco. La sensazione è troppo bella. Inoltre probabilmente domani mattina non ricorderà niente.

Lei sussurra così da vicino che mi vibra l'orecchio. «Alice mi ha detto che mi stai facendo gli occhi dolci. Significa che senti anche tu l'attrazione magnetica?»

«Attrazione e… sì, è reciproca.» Polly sospira felice, quindi aggiungo. «Non che faremo qualcosa al riguardo.»

Lei mi abbraccia più stretto, premendo la guancia contro il mio petto. Mi piace decisamente troppo. «Ne sono lieta. Altrimenti questo abbraccio sarebbe così imbarazzante.» Alza gli occhi. «Abbracciami anche tu.»

«Ho le mani occupate.» Cerco di fare un passo indietro, ma lei si muove con me. «Lascia che appoggi questi bicchieri.»

Polly fa il broncio ma obbedisce, osservandomi attentamente. Vado verso un tavolino, appoggio i bicchieri e torno da lei, che ha le braccia aperte e un grande, buffo sorriso sul volto, mente aspetta di abbracciarmi di nuovo. Riderei del suo entusiasmo se non fossi così eccitato. È sbagliato sotto tanti punti di vista: è ubriaca, è praticamente fidanzata ed è vergine. Non è una donna con cui posso spassarmela senza conseguenze.

Le prendo la mano e la faccio sedere in fondo a un lungo divano. Mi siedo accanto a lei e lei mi passa immediatamente le dita sulla nuca, accarezzandomi i capelli. La cosa non mi lascia indifferente.

«Morbidi» dice.

Le tolgo la mano dal mio collo, stringendola dolcemente prima di appoggiargliela sul divano. «Hai mai bevuto tanto prima d'ora?»

«Oh, non mi viene mai il mal di testa. Sto molto attenta. Due drink e basta.»

«Io ne ho contati quattro.»

Lei alza due dita. «Due Martini.» Abbassa le dita e poi le alza di nuovo. «Due bicchieri di vino.»

«Fanno quattro.»

Lei sorride. «Solo due di ciascuno.» Si appoggia al mio braccio. «Sai cos'altro ha detto Alice?»

Respiro forte. «Non voglio saperlo.»

«Dice che la bocca di un uomo su di te è magica.»

Sussulto, con il desiderio che esplode dentro di me e il sangue che scorre veloce.

Lei continua. «Dice che è perfino meglio del suo vibratore, e quello ha tre livelli. Non ho mai provato nessuna delle due cose.» Mi guarda speranzosa. «Nessuna delle due. Solo le mie dita che girano intorno, intorno, intorno.»

Sono duro come una roccia. Smetto di guardarla negli occhi e mi accorgo che la spallina del vestito le è scivolata dalla spalla. Com'è possibile che una spalla liscia sia così sexy? «Non l'ho sentito» borbotto. La vergine Polly che parla in modo sconcio. No. Non ho sentito niente.

«La tua bocca è magica?» sussurra lei.

Almeno sta sussurrando. «Sta diventando tardi. Dovremmo chiedere ad Alice di riportarti in albergo.»

«Non osare mandarmi a casa!» Polly si raddrizza, rigida come una tavola di legno. «Il mio rango è superiore al tuo. Sono una principessa.»

Reprimo una risata. «E io sono un principe. Il tuo rango non è superiore al mio.»

«Presto sarò una regina!» Probabilmente avrebbe avuto più effetto se non avesse detto "prescto sciarò".

Abbasso la testa per parlarle all'orecchio. «In questo momento sei una principessa vergine, ubriaca e arrapata, e, sfortunatamente, devo essere io quello ragionevole.»

Lei sbuffa. «Vado a trovare un altro magnete». Indica la stanza. «Quell'uomo mi sta facendo gli occhi dolci.»

Mi guardo intorno. La gente ci sta guardando e mormorando. Devono aver sentito almeno una parte di ciò che ha detto Polly.

Le metto un braccio intorno alla vita e la faccio alzare. «Andiamo da qualche parte in privato.»

Le si illuminano gli occhi. «Finalmente hai afferrato il mio sottile suggerimento.»

«Già. L'ho afferrato.»

Dopo una breve conversazione con Adrian, indico a Polly di seguirmi al piano di sopra.

A metà scala, Polly annuncia: «Vaughn, ho bisogno di un po' di spazio personale per una faccenda intima.»

Mi volto e la sua guardia mi squadra. Cerco di fare la faccia innocente. Potrò anche morire di desiderio, ma non ho intenzione di fare niente.

«Per favore» dice dolcemente Polly.

Lui china la testa e torna alla sua postazione accanto alle scale.

Polly mi spinge indietro, invitandomi a salire. «Sbrigati, prima che Vaughn cambi idea.»

6

Polly

Ho il cuore che va a mille e la testa che *nuota* nel Martini, nel vino e nel profumo sexy di Oscar. Questa notte sta diventando sempre più fantastica. Prima l'esperienza da urlo con Alice e Lina nella nostra notte da *flapper girls* del 1920, conosciuta anche come il mio addio al nubilato, e adesso potrò fare qualcosa di peccaminoso. Sono da sola con Oscar! Mai successo! Non ho mai chiesto di passare del tempo da sola con un uomo. Non ne ho mai avuto la tentazione. È stata Alice che me l'ha fatto fare. Lei giura che non ci sia niente di meglio del sesso orale per una donna. E sapete una cosa? Non è sesso. Almeno non del tipo che potrebbe notare un medico reale. Di sicuro. Lina era completamente d'accordo con la valutazione di Alice e ha aggiunto che anche restituire il favore è altrettanto bollente. Con quelle parole ha attirato l'attenzione di Louis e i due si sono scambiati occhiate languide per il resto del tempo in cui siamo rimaste al bar. Probabilmente adesso si staranno scambiando favori. È praticamente tutto ciò cui sono riuscita a pensare da allora. Per me, intendo dire, non per Lina. E credo che sia lo stesso per Alice. Era mortalmente seria mentre lo diceva e aveva le guance rosso acceso. Segno evidente di sincerità.

Oscar è stato molto premuroso questa sera e, chi voglio

prendere in giro, trasuda prestanza sessuale. Se mai c'è stato un candidato ideale per un favore sessuale, è proprio lui. Inoltre è caloroso e amichevole e parla francese. L'uomo ideale, moltiplicato per tre o quattro. Ci sono tante cose ideali in lui! Non sapevo come chiedere a Oscar di aiutarmi ed è per quello che ho parlato dell'osservazione di Alice. Sono così felice che parli troppo. Adesso potrò avere un'avventura ed è il tipo senza terribili conseguenze. Vittoria per le vergini, ovunque esse siano!

Arriviamo al corridoio di sopra. La luce è accesa e vedo due stanze con le porte chiuse. «Quale stanza?» chiedo.

Lui scuote la testa con un sorriso sulle labbra. «Sei fortunata a essere con me. Vieni.» Indica con la testa in fondo al corridoio.

«Sono fortunata.»

Lo sento ridere piano mentre lo seguo a una porta socchiusa, che lui spalanca. Non so perché stia ridendo. Forse non sa accettare i complimenti e lo fanno ridere a disagio. Oh! C'è un'altra rampa di scale. Lo seguo. Il suo sedere è uno schianto in quei pantaloni neri. Prima non riuscivo a vederlo bene con la giacca che lo copriva. Ehi! Siamo su una terrazza sul tetto. Ci sono solo poche coppie quassù, sedute su sedie a sdraio, che si rilassano e si godono il panorama.

Oscar va a un tavolo rotondo con un ombrellone e trascina verso il bordo due sedie imbottite, per permetterci di guardare il mare. Mi siedo e anche lui, vicino a me.

«Non siamo molto in privato, qui» sussurro. «Ci sono altre coppie.» Mi guardo alle spalle. «E l'ombrellone è chiuso, quindi è troppo sottile per nasconderci.»

Lui inclina la testa. Il signor Figo sul punto di fare nonsesso pubblico. Forse ha qualcosa di subdolo in mente. Come, ad esempio, se si inginocchiasse davanti a me e mi rialzasse solo un po' il vestito. Sento un'ondata di caldo solo al pensiero. Aspettate, lo sa che dovrebbe leccarmi, vero? Forse sono stata troppo sottile. Io intendevo che volevo che fosse lui, specificatamente, a farlo, non semplicemente un uomo qualsiasi che mi stava facendo gli occhi dolci. Era un bluff, assolutamente. Oscar è il mio magnete da giorni. Due giorni, in effetti. Da quando ci siamo incontrati.

Gli do un'occhiata. Ha un sorrisino strafottente sul volto.

Sì, lo sa. Possiamo procedere direttamente e darci da fare.

Rialzo il vestito, fin quasi alle mie mutandine bianche. «In pubblico, e allora?» dico cercando di sembrare disinvolta. Sto respirando un po' più in fretta. Fisso il mare. Sto quasi vibrando per l'ansia.

Oscar comincia a parlare a bassa voce. «Siamo qui perché c'è meno gente sulla terrazza che può sentire la principessa Polly Lyon che blatera di sesso orale e avventure delle vergini. Ora puoi dire quello che vuoi senza che torni a morderti il culo più tardi. Potrai anche avere indosso un abito da flapper, ma scommetto che la gente sa chi sei.»

Mi sgonfio. «Allora non hai intenzione di…»

«No.»

Accidenti. È una tale delusione. È quasi come se avessi scaricato una *chaperonne* per avere uno chaperon. Avrei giurato che fosse un tipo pronto a tutto. Anna non aveva forse detto che era un giocatore festaiolo? Merda. Forse intendeva dire giocatore nel senso di football, il calcio regolare. Proprio la mia fortuna.

Ma ha un così buon odore. Lo guardo, tutto rilassato e sicuro di sé. Scommetto che è un mago nel sesso orale e che me lo sta negando apposta.

Lo guardo storto. «Prima di tutto dubito che qualcuno mi riconosca senza il velo e con le spalle in mostra.»

«Devi indossare anche un velo?» mi chiede sommessamente.

Ignoro l'accenno di compassione nella sua voce. «Poi, non sarò fidanzata ufficialmente fin dopo il corteggiamento obbligatorio di sei settimane, quindi, se è quello che ti sta trattenendo dal fare non-sesso con me, non ti devi preoccupare.»

Oscar si strofina la nuca. «Anna dice che hai appena ottenuto il master in economia aziendale.»

«E?»

«Quindi ti devono interessare gli affari e la finanza. Che

cosa pensi che potremmo fare per ottenere che il nostro casinò offra più di ciò che la gente può avere qui a Monte Carlo?»

Sbatto le palpebre un paio di volte. «Vuoi un mio parere su questioni di affari?»

«Sì. Meglio che parlare di non-sesso con te. E, tanto per essere chiari, anche quello conta come sesso. Non lasciarti fuorviare.»

Mi chino verso di lui, volendo qualcosa di più. Mi piace che mi parli di affari ma c'è ancora quest'attrazione che non se ne vuole andare.

Oscar mi pizzica il mento e i suoi occhi acquamarina mi guardano con affetto. «Polly.»

Apro le labbra. Mi toccano così di rado. La principessa intoccabile, paragone di virtù. «Sì?»

«Sto veramente cercando di essere quello ragionevole. Possiamo per favore parlare d'altro?»

«Okay» sussurro.

Oscar lascia cadere la mano. «Allora, penso che ciò che possono avere qui a Monte Carlo è l'eleganza del vecchio mondo. E se facessimo esattamente il contrario e costruissimo un casinò ultra moderno, con tutte le ultime tecnologie, tutto ciò che c'è di più recente in fatto di gioco, pur mantenendo quelli classici. Potremmo perfino avere il poker online che attira la gente da lontano, forse dar loro qualche incentivo per farsi vivi di persona, con un programma a premi.»

Sento la gola stretta. C'è qualcosa di così *giusto* nel parlare d'affari. «Ho una laurea e un master in economia aziendale e sei la prima persona, fuori da un'aula scolastica che abbia mai chiesto la mia opinione su faccende di affari.»

Lui si strofina la guancia con un principio di barba. «Tu sei sveglia.»

Raddrizzo la schiena. «Sì.»

«Allora, che ne pensi?»

«Penso, e tieni a mente che in questo momento sono leggermente brilla, ma ritengo che dovreste usare l'approccio hipster Brooklyn. Renderlo fico, casual, divertente. Ma anche tradizionale.»

«Sei mai stata a Brooklyn?»

«No, ma ne so qualcosa. Lo trovo affascinante. C'è stato un ritorno di arti e mestieri tradizionali. Per esempio, pensa ai sottaceti gourmet artigianali.»

Oscar scoppia a ridere. «Sottaceti.»

Sorrido. «Sì, ma ascoltami. La forza di Villroy è nella sua lunga e orgogliosa storia, quindi perché non incorporarla? Magari con dei riferimenti ai vichinghi, nell'arredamento o nel cibo. Tocchi storici con un'atmosfera rilassata. Scommetto che Alice potrebbe aiutarvi con tutta quella roba storica. Io sto semplicemente buttando lì delle idee.» Gli do un colpetto sul torace, meravigliandomi di sentirlo così duro. «Dovresti chiedermelo di nuovo, quando avrò la testa più libera.» Un altro colpetto. «Perché il tuo torace è così duro?»

Lui sogghigna. «Come ti aspettavi che fosse, morbido?»

Guardo davanti a me, rendendomi conto del motivo della mia sorpresa. È perché ho toccato pochissimi uomini e non erano in forma come lui. Ovvio che lo sia, è un atleta. Ho baciato altri tre uomini morbidi e non ho mai provato passione. La faccenda mi deprime da morire.

Oscar mi dà un colpetto sulla spalla. «Sai una cosa. La tua idea per il casinò mi piace più della mia.»

Alzo di scatto la testa. «Davvero?»

Lui annuisce. «Ho dei cugini a Brooklyn. Forse potrei far loro visita, controllare l'ambiente. Non li ho mai incontrati, ma ho sentito parlare di loro da mia sorella Silvia. Lei vive negli Stati Uniti.»

«Come mai non li hai mai incontrati?»

E poi mi racconta il tipo di storia che mi colpisce nel profondo dell'anima. Suo zio, l'erede al trono di Villroy, si era innamorato di una borghese, una donna di Brooklyn. I suoi genitori non avevano consentito al matrimonio. Era stato costretto ad abdicare per sposare la donna che amava. Si era trasferito a Brooklyn con lei ed era stato bandito per sempre da Villroy. Tutta la sua famiglia era stata esclusa e nessuno dei suoi figli aveva goduto dei privilegi o della ricchezza che sarebbero stati loro per diritto di nascita. È un racconto con una morale, che mi fa ripensare a come fossi stupida a giocare col fuoco questa sera.

«Grazie per essere stato quello ragionevole questa sera» dico tristemente. «Io mi trovo in una situazione simile a quella di tuo zio, tranne che io non cerco l'amore. Cerco solo ciò che è mio di diritto. Se non sposerò l'uomo scelto per me perderò tutti i miei diritti. Proprio come tuo zio.» La mia voce è velata di amarezza. «Mi auto-esilierò prima di guardare mio cugino prendere il mio trono.»

Oscar sembra sorpreso. «Tuo cugino erediterà il titolo se non sposerai quell'uomo? Perché?»

«Perché mio cugino è un uomo. Un diciottenne, senza esperienza, impreparato e immaturo, ma che, a quanto pare, è comunque meglio di una donna.»

Oscar si irrigidisce. «Il tuo regno non si rende conto che il mondo è andato avanti? Le donne governano in un mucchio di posti.»

«Le nostre tradizioni sono ciò che rende forte il mio regno» dico automaticamente.

Lui mi fissa a lungo. «È per questo che sei scappata negli Stati Uniti sotto falso nome l'anno scorso? Per rimandare il tuo matrimonio con lui?»

«Sì. Ovviamente non posso restare via per sempre. È ora. Mio padre vuole abdicare. Ha il morbo di Parkinson e sta peggiorando.»

Oscar mi sta fissando intensamente, e la sua voce è feroce quando dice: «È sbagliato e detesto che ti trovi in una posizione simile.»

Qualcosa in me si spezza e l'aria mi esce dai polmoni con un sibilo. Ho gli occhi che scottano. Ecco un uomo che crede che abbia diritto a governare, che chiede la mia opinione su questioni di affari e che mi prende sul serio. È molto più di un festaiolo. È meraviglioso.

«Grazie» riesco a dire, voltando la testa. Cerco di trattenerle, ma una lacrima mi scappa comunque.

«Stai piangendo?»

«N-no.»

E poi mi mette un braccio sulle spalle, tirandomi vicina. Chiudo gli occhi e premo la guancia sul suo petto caldo e duro. Per la prima volta in vita mia mi sento sostenuta. E la cosa triste è che non ricordo l'ultima volta in cui mi hanno abbracciato. Mi fa sentire tutta calda dentro.

«Non sono la principessa che dovrei essere» dico parlando contro il suo torace. «Non lo sono mai stata.»

Lui mi stringe un po' «Tu vai benissimo così come sei. Non permettere a nessuno di portartela via.»

«Portarmi via cosa?»

«La tua luce. Tu brilli di gioia di vivere. Tienila stretta, a ogni costo. È una cosa rara.»

Mi accoccolo più vicino perché sembra che pensi che sono speciale. Per tutta la vita mi sono sentita un ingranaggio in una macchina molto più potente di me. Non voglio perdere questa nuova sensazione. Chiudo gli occhi e cerco di assorbirla finché me lo permetterà, che risulta essere piuttosto a lungo. Sono quasi addormentata quando sento una voce profonda dire: «Eccovi qui!»

Oscar scatta sull'attenti, raddrizzandosi e togliendo il braccio dalle mie spalle. «Ehi, Lucas, stavamo solo ammirando il panorama.»

Sento immediatamente la perdita del suo calore. Potrei non riaverlo mai più.

～

Oscar

I miei fratelli e Alice mettono fine al mio momento con Polly, e sono più irritato di quanto dovrei. Il fatto è che sono stato in grado di offrire un po' di conforto a Polly e la sensazione è stata gradevole. Nessuno si rivolge mai a me per avere conforto. Io sono il tizio con cui si va a una festa o con cui si scherza, non quello a cui ci si rivolge nei momenti di difficoltà.

«Non butta bene per l'investimento da parte di Charles» dice Lucas. «È a corto di fondi, avendo investito in un altro casinò che aprirà qui.»

«Accidenti» dico. «Non mi meraviglia che non siamo praticamente riusciti a parlare con lui stasera.»

«Lo vedremo comunque domani» dice Adrian. «Potrebbe

darci una dritta su altri possibili investitori, e voglio sentire che consigli può darci.»

«Certo» dico, anche se non ne vedo il motivo. Vogliamo qualcuno che conosciamo, non semplicemente qualcuno con i soldi.

Polly si intromette. «Potrei investire io.»

Alice le agita un dito sotto il naso. «Polly, non si può bere e investire.»

«Sono relativamente sobria adesso» dice Polly.

«Oh, io sono ancora brilla» dice Alice. «Probabilmente perché ho mangiato quei cioccolatini. Erano come piccole bottiglie con il liquore dentro.»

Lucas le bacia la testa. «Non c'era quasi liquore dentro, tesoro.»

Mi rivolgo a Polly. «Hai fondi tuoi? Dovresti ottenere l'approvazione di qualcuno a casa?» Visto com'è custodita gelosamente, immagino che anche i suoi fondi siano altrettanto protetti.

Lei stringe le labbra. «Non avrò accesso ai miei fondi fin dopo il matrimonio.»

«E poi tuo marito potrà dire la sua» le faccio notare.

Polly alza un dito. «Non escludetemi subito. Lasciatemi pensare e trovare un modo. Voglio partecipare alla riunione di domani per vedere che cos'ha da dire Charles sull'affare del casinò.»

Guardo Adrian, chiedendogli silenziosamente il suo parere. Lui conosce Charles meglio di tutti noi.

«Certo, non gli dispiacerà che ci sia una persona in più alla riunione» dice Adrian.

Polly sorride, ma sembra preoccupata. Probabilmente sta cercando di capire se esiste una possibilità reale per lei di investire. Vuole usare le sue capacità, ma ancora una volta il suo regno retrogrado la frena. Una parte di me vorrebbe salvarla, portarla via da là e lasciarla vivere libera, ma so che non è ciò che vuole. Vuole ciò che è suo di diritto, essere regina. Lo vorrei anch'io se fossi l'erede di un regno. Vorrei solo poter fare di più.

«Andiamo in un nightclub?» ci chiede Adrian.

«Sì!» esclamano all'unisono Polly e Alice, e poi «Ehi!» Si danno reciprocamente un pugno sul braccio ed esclamano entrambe: «Ahi!»

Io ridacchio. «Andiamo.»

Scendiamo per salutare Charles, trovandolo che chiacchiera con un gruppo di belle donne. Ha le braccia sulle spalle di due di loro. È un uomo sulla trentina con colpi di sole nei capelli castani e un sorriso troppo bianco. Scommetto che si darà da fare anche dopo il party, dopo tutto il movimento al piano di sopra.

«Stiamo uscendo» gli dice Adrian. «Grazie mille. Ci vediamo domani.»

«Certo» risponde Charles in un inglese dal pesante accento francese. Si stacca dalle donne e si avvicina a Polly. «Dove sei stata tutta la sera? Devo sapere come ti chiami.»

Polly sorride educatamente. «Sono Polly, piacere di conoscerti. Parteciperò alla riunione domani.»

Lui le prende la mano e bacia il dorso. È la mia mossa. Sembra così falsa quando la fa lui. «Mi sembri una faccia familiare. Sei di famiglia reale anche tu come i tuoi amici? Hai una tale aria di grazia regale…»

«Sì» risponde lei.

Charles lascia cadere le mani e le si avvicina, invadendo il suo spazio personale, cosa che non si dovrebbe mai fare con una persona di rango. Somaro. «Da dove vieni?»

Polly lo guarda negli occhi facendo un passo indietro. «Isole Beaumont.»

«Beaumont?» Charles passa al francese. «Un posto turistico molto popolare. Sei la principessa con il velo e gli abiti modesti.» Indica i suoi capelli. «Che cos'è successo? L'aria di Monte Carlo ti ha resa libera.» Sorride, mettendo in mostra i denti esageratamente bianchi. Io sto digrignando i miei.

Polly annuisce. «Qualcosa del genere. Mi piace qui. C'è energia ed eccitazione nell'aria.»

«C'è una tale vitalità in te.» Indica il suo corpo, da vicino ma senza toccarla. Resisto a malapena al desiderio di schiaffeggiargli via la mano. «Hai l'aura di uno spirito scintillante.»

Aura. Per favore. In effetti, ha una luce speciale. Immagino di non essere l'unico a notarla.

«Buona notte» dico.

Polly arretra di un passo. «Sì. Grazie. Buona notte.»

«Buona notte, bella» aggiunge Charles con un tono di voce roco e suggestivo.

Polly si volta e si allontana e la seguiamo tutti.

«Ti capita spesso? Tizi a caso che ci provano con te?»

Polly sembra sorpresa. «No, in effetti, no. Cioè, qualche volta, al college ma Marge è molto efficace come repellente per gli uomini.»

Faccio una smorfia. «Ha esagerato. Gli hai detto che avresti partecipato alla riunione d'affari e lui ha flirtato con te in modo disgustoso. Avrebbe dovuto restare professionale.»

«Grazie per l'analisi della situazione» dice lei con un sorriso impudente.

Mi irrito un po'. Stavo solo cercando di aiutarla.

Arriviamo all'ascensore e io resto indietro con i miei fratelli, lasciando che le donne entrino per prime. «Sembri geloso» mi dice Adrian sottovoce. «Datti una calmata.»

Gli rivolgo un'occhiataccia. *Geloso.* Non sono mai stato geloso in vita mia. Charles si è comportato in modo scorretto. Inoltre non ha nessuna possibilità con Polly. Lei è praticamente fidanzata.

Entro in ascensore e le do un'occhiata. Sta avvolgendo la lunga coda di cavallo intorno al dito, creando un solo ricciolo a cavatappi. Se lo tirassi, probabilmente rimbalzerebbe indietro. La sua guardia è nell'angolo dietro di lei.

Mi ficco le mani in tasca e guardo diritto in avanti. Riesco ancora a vederla con la mia visione periferica, capelli scuri, pelle cremosa, uno straccetto argento come vestito. E se chiedesse a Charles di fare sesso orale con lei? Perché sono stato così maledettamente ragionevole? Avrei dovuto accettare. C'è parecchio che si può fare oltre a… No. Devo proteggerla dagli uomini libidinosi, incluso me stesso.

Le do un'occhiata di sottecchi e i nostri occhi si trovano per un momento elettrizzante. L'attrazione è una cosa viva, che respira, tra di noi. La sua espressione è quasi… di desiderio nostalgico, prima che le ciglia si abbassino e lei distolga lo sguardo.

Devo fare la cosa giusta, anche se ogni cellula del mio corpo mi spinge verso di lei.

«Dovremmo sposarci stasera, stile Las Vegas» esclama Alice.

Lucas sorride a trentadue denti. «Davvero?»

Alice è radiosa. «Sì! Sposiamoci!»

«Sei ubriaca?» le chiede gentilmente Lucas.

Lei alza la mano, avvicinando l'indice e il pollice fino a lasciare un piccolo spazio. «Solo un po', ma voglio sposarti.»

Lucas deglutisce, palesemente scosso. «Alice, tesoro, non c'è niente al mondo che preferirei fare, ma non possiamo sposarci a Monte Carlo in stile Las Vegas. Legalmente, qui non c'è questa possibilità.»

Lei sembra demoralizzata. «Oh.»

Scambio un'occhiata divertita con Adrian. È bizzarro essere testimoni di una simile proposta nello spazio ristretto di un ascensore.

Le porte si aprono e usciamo nel foyer di marmo bianco.

«È meglio non sposarsi d'impulso» dice Lucas. «Vuoi che i tuoi genitori partecipino al nostro matrimonio, vero?»

«Sì» ammette Alice. «Sembrava così romantico lasciarsi trasportare, a Monte Carlo, ma hai ragione. Un matrimonio affrettato non sarebbe romantico come uno con tutti coloro che amiamo.»

Lucas fa qualche passo davanti a noi, poi si ferma al centro del foyer, alzando una mano per indicarci di aspettare.

Ci fermiamo tutti e lo fissiamo.

Lui indica da Alice di avvicinarsi e lei corre da lui. Le prende la mano e parla con una voce chiara che arriva dappertutto, come se stesse dicendo la sua verità perché tutto il mondo lo ascoltasse. «Aspettavo un tuo segnale e me l'hai appena dato. Ti amo. Non ci sarà mai un'altra per me. Sei il mio amore, la mia vita, il mio tutto. Dolce Alice, passerò il resto della mia vita a rendere la tua realtà migliore della fantasia.» Molto appropriato, per un'autrice di romanzi.

«Dolce Lucas» dice lei con un sospiro.

E poi lui ci stupisce tutti mettendosi su un ginocchio e togliendo una scatolina di velluto dalla tasca interna della giacca.

Alice si copre la bocca con una mano. «Lucas!» lascia cadere la mano. «Hai avuto l'anello con te per tutto questo tempo?»

«Ti stavo aspettando» dice con la voce roca. «Non ho mai desiderato tanto qualcosa in tutta la mia vita.» Apre la scatola e le offre un anello di platino con un diamante rotondo. «Alice Segal, vuoi farmi il grande onore di diventare mia moglie?»

«Sì!» urla Alice.

Lucas le infila l'anello al dito, si alza in piedi e la prende tra le braccia per un bacio appassionato.

Io distolgo lo sguardo. Adrian sta sorridendo. E anche la nostra guardia e le due a guardia dell'edificio. Lo sguardo di Polly è impassibile. E Polly... mi si stringe il petto. Ha le braccia incrociate come se si stesse abbracciando, le labbra strette. Si toglie una lacrima con il pugno, come se fosse un fastidio. Non avrà mai ciò che hanno Lucas e Alice, non avrà mai la possibilità di scegliere. Provo dolore per la sua perdita, ed è strano. Non posso dire di essere mai stato innamorato, ma almeno so che è possibile.

Torno a guardare Lucas e Alice, sperando che abbiano smesso di baciarsi.

Lucas tiene il volto di Alice tra le mani. «Ti amo.»

«Ti amo anch'io» esclama lei. «Tanto. È folle quanto ti amo.» Sta piangendo e poi lo bacia su tutto il volto.

Si abbracciano sussurrando paroline dolci mentre si stringono.

Ho un nodo alla gola, gli occhi che bruciano. Per la prima volta in vita mia riesco a capire l'attrattiva di impegnarsi con qualcuno. È un momento intenso da guardare.

Lucas si volta verso di noi con un sorriso, gli occhi pieni di lacrime. «Credo che adesso torneremo in albergo.»

«Congratulazioni» dice Polly, correndo da Alice.

Un po' in ritardo, anche Adrian e io aggiungiamo le nostre congratulazioni.

Usciamo tutti, Lucas e Alice davanti a noi che continuano la loro intima, sussurrata conversazione.

«Mi ritiro anch'io» dice Polly, con un sorriso tirato. «Sono più stanca di quanto pensassi. Buona notte.» Si affretta a raggiungere Alice e Lucas.

«Lasciamo perdere il nightclub, allora» mi dice Adrian. «Vuoi unirti a un tavolo in terrazza?»

È il tavolo del poker con le puntate alte. Adrian sa di poter vincere. Io non voglio rischiare adesso che ho un investimento che so di voler fare.

Scuoto la testa. «No, grazie. Torno in albergo.»

«Dai, una mano sola, è presto.»

Ha ragione. Non è ancora mezzanotte e io di solito sono un nottambulo. «Okay, una mano.» Comunque non posso stare con Polly. Abbiamo avuto il nostro momento in terrazza e non è il caso di passare più tempo con lei quando so che è destinata a un altro.

La guardia del corpo di Polly accompagna lei, Lucas e Alice in albergo. Adrian e io ci dirigiamo al casinò, con la nostra guardia al seguito.

Una volta dentro, ci salutano alcune donne che Adrian conosce. Due giovani donne carine e civettuole che vogliono divertirsi un po'. Io non riesco nemmeno a reagire flirtando, perché tutto ciò che vedo è la faccia affranta di Polly dopo la proposta di Lucas.

Mi scuso, lasciando Adrian alle due donne. Quasi non mi riconosco, io che me ne vado via presto da un party.

È stata veramente una serata strana.

7

Polly

Do gli ultimi tocchi a un piano economico scritto a mano e mi stiracchio sulla sedia davanti alla scrivania, nella mia stanza d'albergo, sorridendo tra me e me. Ho pranzato lavorando in modo da prepararmi per la riunione con Charles. Voglio decisamente fare parte anch'io in questa impresa. Mi piace tutto, il reddito potenziale, l'energia e l'eccitazione del casinò stesso, tutto ciò che comporta costruire qualcosa dalle fondamenta. Quando mai avrò di nuovo un'opportunità come questa?

Ho visto alcune delle proprietà reali a casa e ho un'idea del capitale necessario per costruire e gestire un resort attivo. Un casinò con ristorante sarebbe paragonabile, su una scala più piccola. Se potrò ottenere i fondi, ed è un grosso se, sarebbe un investimento fantastico e la possibilità di coprirsi le spalle rispetto alle proprietà a casa, che sono regolarmente influenzate dalla minaccia degli uragani e dalla bassa stagione turistica. Villroy non ha una stagione degli uragani. Ed è il regno di Anna. La sosterrei, investendo. Non sarei però solo un socio passivo. Voglio poter dire la mia, essere socia per un terzo con Adrian e Oscar. Spero di convincerli ad accettarmi. Adrian conosce bene il gioco d'azzardo. Non so che cosa potrà mettere sul piatto Oscar, ma è intelligente e mi piace.

Piego a metà i fogli e li infilo nella borsa. Sono da sola qui nella stanza, tranne che per Vaughn, che aspetta fuori dalla porta. Lina sta pranzando con Louis. Hanno passato la notte insieme. Ne ho avuto il resoconto questa mattina mentre Lina, Alice e io visitavamo Monaco. Lina era euforica e ci ha confessato che è quasi innamorata di lui. Dice che è un gigante gentile che la fa sentire sicura. Sono a malapena riuscita ad appiccicarmi un sorriso sul volto. Ammetto di invidiare la sua libertà di stare con qualcuno alle sue condizioni. Probabilmente non mi aiuta il fatto che la proposta piena d'amore di Lucas ieri sera mi abbia fatto quasi piangere.

Se potessi solo trovare dei soldi, tutti i miei problemi sparirebbero. Potrei pagare il debito dei miei genitori, eliminando efficacemente Peter dal mio futuro e fare veramente parte di un'impresa eccezionale che porterebbe dei profitti che potrei immettere nel mio regno. Potrei scegliermi un marito, ottenere il trono alle mie condizioni. Mi fermo prima di eccitarmi troppo. Nuove opportunità significano nuove possibilità per un futuro diverso, ma devo essere cauta, deliberata e strategica, mentre seguo questa nuova pista.

Esco dalla stanza, con un cenno a Vaughn che mi segue mentre scendo. L'ufficio di Charles è al primo piano del casinò alla porta accanto e mi troverò nell'atrio con Oscar, Adrian e Lucas prima di andarci.

Quando individuo i fratelli, stessi folti capelli castano scuro e la stessa struttura fisica, mi colpisce quanto sembrino uniti. Non stanno molto vicini, ma c'è un continuo scambio di battute, un sorriso da parte di Lucas, un lieve cenno di testa da Adrian, e Oscar che ride forte. Si diverte in un modo che vorrei tanto provare anch'io.

Oscar si volta e mi vede per primo. E poi sorride solo per me, un fantastico sorriso sexy che fa brillare i suoi occhi acquamarina. Quasi fluttuo attraverso la stanza, crogiolandomi in quel caldo sorriso.

«*Bonjour, Oscar*» dico quando arrivo da lui.

«Siamo tornati al francese?» mi chiede in inglese.

Sbatto gli occhi. Di solito non torno al francese quando sono lontana da casa. «Mi dispiace. Non so come sia successo.»

Le labbra di Oscar si curvano appena a sufficienza da svelare una fossetta tra la barba corta sulla guancia. Non l'avevo ancora notata. «Stavamo parlando in francese al party, ieri sera. Forse la tua mente è tornata a quel momento.»

«Sì, dev'essere così.» Ma mi preoccupo. Il francese è la mia prima lingua e lo parlo istintivamente se sono ubriaca o sotto stress, e non sono né una cosa né l'altra in questo momento.

«Come ti senti, dopo ieri sera?» mi chiede a bassa voce.

Sorrido. «Niente mal di testa da dopo-sbronza, se è quello che mi stai chiedendo. Ho bevuto molta acqua quando sono tornata in camera, per prevenire la disidratazione.»

Adrian e Lucas mi salutano e io ricambio, un po' in ritardo.

«Andiamo» dice Adrian, e ci fa strada.

Lo seguiamo attraverso una porta riservata al personale e poi in un lungo corridoio con una serie di uffici con le porte aperte. Sono ansiosa di sentire che cos'ha da dire Charles. Non mi interessano i possibili investitori che potrebbe sventolarci davanti. Voglio sentirlo parlare della sua visione per l'affare del casinò.

Quando entriamo nel suo ufficio, Charles esce da dietro la scrivania per salutarci e stringe la mano agli uomini. Si volta verso di me, tendendo la mano con il palmo in alto. Vuole farmi il baciamano.

Sposto la mano per afferrare la sua e dargli una stretta decisa. «Salve, è un piacere rivederti, Charles.»

«Anche per me» mormora. «Per favore, sediamoci al tavolo.» Indica un tavolo rotondo nell'angolo della stanza.

Ci vado e Charles estrae la sedia per me, accompagnandola sotto mentre mi siedo. «Grazie.»

«Piacere mio» mi mormora all'orecchio.

Gli piace flirtare. Non mi interessa. Io sono qui per parlare d'affari.

Oscar

Ho voglia di prenderlo a pugni. Charles sta praticamente sbavando su Polly e non mi è sfuggito che le abbia guardato il sedere mentre estraeva la sedia per lei. Polly indossa un vestito bianco a maniche corte, con una gonnellina che le copre a malapena il sedere. Lo capisco, Polly è sexy da morire, ma un po' di rispetto, per favore. Questa è una riunione d'affari.

Quando sono tutti seduti, Charles ci offre dell'acqua da una caraffa sul tavolo, e noi rifiutiamo educatamente. Dopo qualche convenevole, Charles unisce le dita appoggiando le mani sul tavolo e dice: «Che cosa posso fare per voi?»

Adrian si butta. «Per cominciare, vorrei sapere se hai qualche dritta circa potenziali investitori.»

Polly si siede più eretta. So che vorrebbe entrare in società, ma non credo di poter contare sul fatto che abbia accesso ai suoi fondi.

Charles inclina la testa. «Spargerò la voce per vedere che cosa riesco a trovare.»

«Mi piacerebbe sapere quali sono i margini di profitto di un casinò» dice Lucas. «E anche i costi d'avviamento e di esercizio.»

«Per le nuove costruzioni per un piccolo casinò si parla di dieci milioni di euro» dice Charles. «Non è un'impresa da affrontare alla leggera.»

Adrian e io ci scambiamo un'occhiata. La cifra non è una sorpresa, solo una conferma. Ed è più di quanto disponiamo noi due insieme. Inoltre ci sono i costi di esercizio. Ci servono altri capitali da un investitore esterno. Lucas si rifiuta di fare altri debiti chiedendo un prestito. Il casinò, per il momento, non è alla nostra portata. Possiamo solo sperare in un investitore che decida di partecipare. A meno che venda il mio vigneto in Italia. Ma non voglio farlo. È la prima cosa che ho comprato con i soldi guadagnati da calciatore, una cosa che non sarò mai più. Speravo di poter costruire una casa lì, per me e la mia futura famiglia. Era ciò che desiderava mio padre e ricordo ancora quanto era stato orgoglioso che avessi la mia terra, il mio "regno personale" come lo chiamava lui. Ora vale molto più di quanto l'ho pagato. Adrian sa quanto ci sono attaccato e non mi chiederebbe mai di venderlo.

Charles continua. «Un casinò di successo può incassare fino a un milione al giorno. Tutto dipende da così tante cose: numero e tipo di ospiti, il tipo di giochi offerti, le poste.»

Polly si china in avanti. «Supponiamo che il casinò abbia tutti i giochi più proficui per la casa, slot, baccarat, blackjack, roulette e una clientela stabile di balene.» Si rivolge ad Adrian sorridendo. «Il poker può favorire i giocatori, come ben sai.»

Lui sorride.

Charles comincia a buttar lì numeri come se stesse cercando di impressionarla con tutte le sue percentuali e i suoi euro. Sto cominciando ad annegare nei numeri ma Polly sta al passo. È quasi come una battaglia di matematica che si stanno godendo entrambi moltissimo.

Do un'occhiata ad Adrian, che sta prestando attenzione. È lui l'uomo dei numeri. Io ho intenzione di essere quello del marketing.

Le guance di Polly sono arrossate, la voce animata. È nel suo elemento e le piace.

I due si calmano e l'intensità nella stanza si azzera all'istante.

Polly sembra euforica. Charles la guada come se fosse un pasticcino che non vede l'ora di divorare. Peccato! Lei è decisa a sposare un tizio utile al suo regno. Il pensiero mi lascia l'amaro in bocca.

Lucas fa qualche altra domanda sulla gestione del posto, in particolar modo su come trattare il denaro in entrata e in uscita tutti i giorni. Alla fine si alza e ringrazia Charles per il tempo che ci ha dedicato.

Charles saluta distrattamente, prendendo un biglietto da visita dalla tasca. Poi si volta, consegnandolo a Polly. «Chiamami se hai domande, o per qualunque altra ragione.»

«Grazie» dice lei allegra, infilando il biglietto da visita nella borsa.

Io digrigno i denti, rimangiandomi una risposta tagliente. Charles ci è stato utile e potrebbe esserci anche più utile in futuro. Non posso strapazzarlo.

Ci congediamo e torniamo nell'atrio, riunendoci in un angolo tranquillo.

«È una prospettiva interessante» dice Lucas, «ma penso che dovremo rimandarlo un po'. Aspettare che arrivino un po' di soldi dalla spa. Poi potremmo chiedere un prestito. Un conto sarebbe stato se Charles avesse voluto investire direttamente, visto che Adrian lo conosce, ma adesso stiamo parlando di rimandarci a qualcuno che non conosciamo.»

«Una raccomandazione potrebbe andar bene» dice Adrian. «Se Charles si fida di questa o queste persone, potremmo farlo anche noi. Lo conosco da anni e la famiglia reale di Monaco si fida di lui.»

Lucas scuote la testa. «Fiducia di seconda mano? Troppo rischioso. Mi dispiace.»

«Prendete in considerazione anche me» dice Polly. «Potrei essere io l'investitore. La cosa mi entusiasma. Ho preparato un piano economico.» Estrae un pacchetto di carte dalla borsa. «Ascoltatemi. Posso perfezionarlo in base a ciò che ha detto Charles. Potrei essere socia a un terzo con voi due.» Indica me e Adrian. «Dovrò dipendere da voi per prendere alcune decisioni perché sarò a Beaumont, ma mi piacerebbe essere consultata per le decisioni più importanti. Che ne pensate? Mi prendereste in considerazione? Potrei discuterne con voi. Dirvi tutte le mie idee.»

«Hai quel tipo di fondi?» chiede Lucas senza mezzi termini.

«Sì» dice Polly. «Cioè, non ancora, ma posso averli.»

Lucas si accarezza la barba. «Tu mi piaci, Polly, sei imparentata con Anna, e ci permetteresti di tenere tutto in famiglia. Se vuoi entrarci, io ci sto.»

Adrian mi guarda alzando un sopracciglio.

Io annuisco. «Polly, andiamo al ristorante, cerchiamo un punto tranquillo e potrai dirci le tue idee.»

Polly mi sorride e mi manca il fiato. Dovrebbe essere sempre così felice. È di una bellezza straordinaria.

Un'ora dopo sono un rottame. Polly non è solo calorosa e divertente. È anche super intelligente, audace e sicura di sé. Il suo piano di abbinare i servizi della spa, offrendo incentivi e ricompense che tengano i clienti sia alla spa sia al casinò, è brillante. La sua idea di unire un arredamento tradizionale con un'atmosfera hip e divertente è brillante. *Lei* è brillante.

La desidero e non posso averla e ora diventerà la mia socia in affari, diventando ancora di più un frutto proibito.

E io sono un rottame.

~

Polly

Torno nella mia stanza in un tripudio di gloria. I fratelli ci stanno. Sono più che entusiasta all'idea di costruire questo casinò dalle fondamenta. So che è stata una mossa impulsiva, dato che non ho ancora i fondi, ma non potevo lasciarmi scappare quest'opportunità. Meno male che la strategia è la mia specialità. Ho comunque bisogno di fondi per liberarmi di Peter; adesso devo solo pensare più in grande per riuscire a fare entrambe le cose. Potrei impegnare i miei ultimi gioielli. I miei genitori sarebbero furiosi di sapere che cosa ho già impegnato per finanziare la mia avventura negli Stati Uniti. Il ricavato adesso è di proprietà del governo USA. Se venissero alla luce altri miei gioielli, la cosa potrebbe essere notata. È veramente una brutta cosa disfarsene. I gioielli appartengono alla famiglia, trasmessi di generazione in generazione. È sottinteso che io li passerò ai miei figli un giorno. Okay, niente gioielli.

Cammino avanti e indietro. Devo passare a un livello più alto. Accidenti. Tempo. Ho bisogno di più tempo. Sfortunatamente, è l'unica cosa che non posso aggirare.

È a quel punto che noto che il telefono nella mia stanza sta lampeggiando per segnalare un messaggio. Lo ascolto. È la reception che mi chiede di chiamare. Quando lo faccio, l'impiegato mi dice: «Charles Blanc vorrebbe incontrarla a cena. Chiami se è disponibile questa sera. Dice che ha il suo numero.»

«Grazie» dico e riappendo. Incontro a cena? Affari o piacere? Se sono affari mi interessa. Forse ha un'idea per il finanziamento. Aspettate, come ha fatto a sapere in che albergo sono? Forse qualcuno ha notato il gruppo di principi. Probabilmente ha occhi e orecchi in tutta la città e quest'albergo è proprio accanto al casinò.

Pesco il suo biglietto da visita dalla borsa e lo chiamo. «Salve, Charles. Di che cosa si tratta?»

«Salve, bellezza. Ho una proposta d'affari per te. Sei libera a cena stasera?»

«Sì.» Scrivo l'ora e il posto. È il ristorante del casinò. «Riguarda il finanziamento del casinò di Villroy?»

La sua voce è melliflua. «In effetti, sì.»

«Devo chiedere ad Adrian e Oscar di venire?»

«Vorrei parlare con te in privato.»

«Perché?»

«Saprai tutto questa sera.» E riappende.

La cosa non mi piace. Di che cosa può aver bisogno di parlare con me in privato? L'unica cosa cui riesco a pensare è che voglia unire affari a piacere. Non è una prospettiva che mi tenti. Vaughn sarebbe lì per proteggermi nel caso in cui Charles tentasse qualcosa di inappropriato. Andrò solo a sentire che cosa vuole. Ho bisogno di qualcosa, qualunque cosa, per tirarmi fuori dalla situazione impossibile in cui mi ha messo Peter e trarne qualcosa di buono.

Suona il mio telefono personale, sorprendendomi e rispondo. I miei genitori.

Dico: «Pronto!» in tono allegro, nonostante i miei pensieri travagliati.

Dal telefono arriva la voce di mia madre che parla rapidamente in francese. «Marge ci ha detto che è malata. Siamo così preoccupati per lei. Ha visto un medico?»

Sento una fitta di senso di colpa. Oggi non ho parlato con Marge. Passo al francese. «Sì, e non è niente di serio, solo un raffreddore.»

«Spero che tu non abbia preso niente.»

«No, sto bene.»

«Accertati che abbia tanto tè con miele e limone.»

«Sì, certo.»

«Ti piace stare con Anna a palazzo?»

Io cammino avanti e indietro, piena di energia. Ma come

faccio a dirle la verità? Dicendo che sono in un casinò, senza la mia *chaperonne*, a bere e giocare, porterebbe a un viaggio immediato verso casa. «È meraviglioso. Sono così felice di essere qui per lei e la bambina. Sarò in sala parto con lei.»

«Oh! Non ci sono i medici per quello?»

«Sì, ma Anna e io siamo legate come sorelle. Sarò la sua allenatrice.»

«Polly, il parto è un momento difficile, molto doloroso, molto *personale*. Tu ci hai messo ventiquattro ore a nascere. Pensavo di morire.» È una storia che mi ha raccontato molte, molte volte, specialmente quando le davo problemi da ragazza. Mi rimproverava sempre dicendo: «Non mi obbedisci! E dopo che sono quasi morta mettendoti al mondo!»

«Sì, beh, non sei morta e io sono qui, grazie al cielo.»

«I tremori di tuo padre stanno peggiorando. È ansioso, non vede l'ora che ti sposi e prenda il tuo posto con Peter.»

Divento immediatamente tesa. «Sì, certo, Marge mi ha informato. Posso parlare con papà?»

«Sta dormendo. Non è più giovane, Polly.»

Non lo è mai stato. Era vedovo e aveva sposato mia madre in seconde nozze. Mi ha avuto quando aveva cinquant'anni. La sua prima moglie non poteva avere figli ed era morta in un incidente in barca. Qualcuno aveva parlato di omicidio, ma non ci ho mai creduto. Mio padre parlava con affetto di lei, anche se era stata una delusione dato che non aveva messo al mondo un erede.

Mia madre continua. «È già vissuto più di suo padre e suo nonno. I geni di quella parte della famiglia non tendono alla longevità. È ora che tu faccia il tuo dovere.»

«Sì, lo so.»

«Davvero?» mi chiede in tono severo.

«Sì» ripeto a denti stretti.

«Spero che Anna partorisca presto. Abbiamo bisogno di te a casa immediatamente dopo.»

Io ho bisogno di più tempo per formulare un piano. «Ho promesso che sarò al battesimo nella cappella del palazzo. È una cerimonia importante, l'erede al trono. Anna non mi perdonerebbe mai se non ci fossi.» Non ho idea di quando ci sarà il battesimo, devo solo assicurarmi che non mi facciano tornare a casa in tutta fretta.

«Lo faranno così presto dopo il parto?»

«Anna si attiene ai suoi modi americani. Spesso fa scelte non convenzionali.» Mi correggo immediatamente prima che mi ordinino di andare a casa immediatamente per essermi legata a una regina non convenzionale. «Entro certi limiti, ovviamente. Si attiene con grazia al protocollo reale e a ciò che ci si aspetta da lei. Un luminoso esempio di come dovrebbe essere una regina, proprio come te.»

Riesco a sentire il sorriso nella sua voce. «Grazie, Polly. È la prima volta che me lo dici. Ho cercato con tutte le mie forze di essere un buon esempio per te. Non ero sicura di esserci riuscita.»

Un insulto mascherato da complimento, che ignoro. So benissimo che i miei genitori mi trovano difficile. «Sarà meglio che vada a controllare Marge e le procuri ciò che le serve. Salutami papà.» Dico arrivederci e chiudo. Non mi ha dato altro tempo, ma non me l'ha nemmeno negato. Buon segno.

Chiamo per controllare Marge, anche se sono sicura che stia bene. «Come ti senti? Meglio o peggio?»

Marge ha la voce nasale. «Mi sento da schifo, ma è solo un raffreddore. La febbre è sparita. Come se la cava Lina al mio posto?»

«Meravigliosamente. Non avrei potuto chiedere una compagna migliore.»

Marge sbuffa.

«Non migliore di te, ovviamente.»

«Fammi parlare con la ragazza.»

Faccio una smorfia. Merda. Non vedo Lina da questa mattina. Immagino che stia appiccicata a Louis. «È in bagno.»

«Aspetterò.»

«Sta facendo una doccia dopo aver nuotato in mare. È un disastro di sabbia, sale e crema solare. Si è anche scottata. Immagino che le ci vorrà parecchio dopo la doccia per applicare l'aloe.»

«Hai nuotato anche tu? Non hai portato il tuo costume.

Che cosa indossavi?» Sembra mi stia accusando. Dovrei restare coperta per questioni di modestia e il mio costume da bagno è a un pezzo, con le maniche corte e una lunga gonna. Assomiglia più a un abito con i volant che a un vero costume da bagno. Probabilmente pensa che abbia indossato un normale costume a un pezzo o, Dio non voglia, un bikini.

«Non ho nuotato. Ho solo messo i piedi in acqua.»

«Avevi il cappello e il velo?»

«Li ha portati via il vento.» È la scusa che si aspetta di sentire da me.

Tossisce lamentandosi. «Chiedi a Lina di chiamarmi quando può.»

«Siamo piuttosto occupate a esplorare la natura qui intorno, ma le darò il tuo messaggio.»

«Se si è scottata, non dovrebbe andare in giro ad ammirare la natura.»

«La terrò sotto un parasole.»

«Dovresti usarne uno anche tu. Il sole ti farà venire le rughe e le lentiggini.»

Reprimo un sospiro. «Buona idea. Guarisci!»

«Mi sentirei meglio se potessi tenerti d'occhio.»

Stringo le labbra, borbotto un arrivederci e chiudo. So che sta solo facendo il suo lavoro e che in fondo mi è affezionata, le voglio bene anch'io, ma è anche un costante promemoria di tutte le restrizioni che mi vengono imposte. Devo liberarmi, da Peter, da tutte quelle regole. Devo diventare io quella che detta le regole.

La cena con Charles è gradevole. Ha riservato una saletta privata in fondo a un ristorante elegante con favoloso cibo francese e devo ammettere che è piacevole parlare la mia lingua madre con qualcuno che la capisce. Conosce Beaumont dato che ci è stato parecchie volte in vacanza e gli è piaciuta. È un bel posto con spiagge di sabbia bianca, acqua azzurra trasparente e resort eleganti.

Una volta sparecchiato, Charles ordina un brandy. Io

continuo a bere la mia acqua frizzante, voglio tenere la testa lucida per la nostra chiacchierata.

Finalmente si decide a parlare d'affari una volta arrivato il suo brandy. «Abbiamo un amico comune a Beaumont.»

«Chi?»

«Peter Boucher.»

Mi si stringe lo stomaco. È amico di Peter? È il mio futuro fidanzato. Conosce la verità sulla mia famiglia?

Lui continua, liscio come l'olio. «So che ti sta ricattando per farsi sposare e so perché.»

Sento il cuore che batte nelle orecchie. Non riesco a crederci. Non lo sa nessuno.

Finalmente ritrovo la voce, che esce un po' soffocata. «Perché Peter avrebbe dovuto dirtelo?»

«Sono stato più volte in uno dei suoi resort e sa dei miei legami con la famiglia reale di qui. Siamo diventati amici. Ovviamente deve sentirsi molto sicuro di sé per avermi raccontato i fatti.»

Mi sento gelata. Charles probabilmente vuole ricattarmi anche lui, solo per tenere tutto in sordina. «Che cosa vuoi?»

Il suo sorriso untuoso mi dà i brividi. «Voglio solo aiutarti. Se pagherò il debito dei tuoi genitori, la presa di Peter su di te svanirà.»

«E hai intenzione di aiutarmi a pagarlo?» Non può essere così facile. Lo so, ma devo fare in modo che arrivi al punto.

Lui si china in avanti, abbassando la voce, anche se siamo da soli nella stanza in fondo al ristorante. Vaughn è appena fuori dalla porta. «Hai mai pensato quanto può valere la tua verginità?»

Resto di sasso.

«Ascoltami. Un'asta per la tua verginità, fatta in modo molto discreto, qui in una suite dell'albergo. Gli ultra ricchi cercano l'elusivo, l'unico, l'irraggiungibile. Tu sei il compendio di tutte e tre le cose. Non troverai mai una collezione di gente così ricca tutta in un sol posto. Un'ora del tuo tempo per ottenere la libertà.»

Sento la bile che mi sale in gola. «Mi disgusti. Non venderei mai il mio corpo.»

Lui si appoggia allo schienale, rilassato. «Reazione comprensibile a un'idea insolita, ma tu ti trovi in una situazione insolitamente difficile, no?»

Getto il tovagliolo sul tavolo. «Qui abbiamo finito.»

«Forse ti piacerebbe sapere che cos'ha intenzione di fare Peter con il tuo palazzo, una volta che sarà re.»

Lo fisso. «Con il palazzo? Che cosa intendi dire?»

Lui prende il telefono e preme qualche tasto. «Peter vuole trasformare il palazzo in un'attrazione turistica, come un parco divertimenti.» Mi mostra lo schermo. «Ecco la prova.»

Leggo la mail di Peter con orrore crescente, mentre chiede dei castelli europei usati nell'industria turistica e si interroga sul costo di trasformarne una parte in un parco divertimenti. Conclude che Beaumont non ha un parco a tema e questo la renderebbe più attraente per le famiglie. Ricordo di colpo Peter che mi chiedeva del mio viaggio a Villroy e chiedeva della loro esperienza come destinazione per matrimoni esotici e la loro suite luna di miele reale. È surreale. Vuole trasformare il palazzo che è della famiglia Lyon da secoli in un parco divertimenti? È un sacrilegio.

Mi gira la testa pensando a tutto ciò che significa. Peter non deve assolutamente diventare re. Sposarlo non risolverebbe niente. Peggiorerebbe solo le cose. Devo pagarlo e metterlo fuori gioco il più presto possibile.

«Non lo saprebbe mai nessuno» dice Charles mellifluo. «Un piccolo sacrificio per il bene del tuo regno.»

Rabbrividisco, ho la pelle d'oca sulle braccia. Il dovere verso il regno soprattutto. È radicato in me. Ma questo è troppo. Ogni cellula del mio corpo grida no!

Lui sorride, la voce è gentile e l'orrore mi sta paralizzando. «Sto solo cercando di aiutarti a liberarti da lui. Tu hai bisogno di soldi e io ti posso promettere una manna dal cielo, depositata sul tuo conto immediatamente dopo la transazione. Domani notte. Io prenderò una piccola percentuale per l'organizzazione.»

Lo guardo negli occhi che scintillano di avidità proprio come quelli di Peter. Sta cercando di ottenere la *sua* manna dal cielo e questo significa che si aspetta che pagheranno moltissimo per avermi. Sono nauseata al solo pensiero. Avevo pensato di regalare la mia verginità in una grande avventura, in modo che Peter non ottenesse tutto, ma non ci ho pensato abbastanza seriamente da farlo veramente. Ho persino osato parlarne con Oscar, quand'ero ubriaca ieri sera, ma lui è stato ragionevole e si è preso cura di me. L'ho apprezzato, una volta passata la sbronza.

«Andiamo nel mio ufficio e definiamo i particolari» mi dice.

Deglutisco. «Ho bisogno di tempo per pensarci.»

Lui mi dà un'occhiata indulgente. «L'offerta scade stanotte a mezzanotte. Principessa. Poi diffonderò ciò che so.»

«Quindi adesso mi stai ricattando anche tu?»

Lui alza le mani. «Io sono l'unico che si è offerto di aiutarti.»

Mi alzo. «Non mi serve il tuo tipo di aiuto.»

Mi volto e corro fuori dal ristorante, ma sento comunque la sua frase minacciosa. «Mezzanotte, bellezza.»

8

Faccio un cenno a Vaughn che mi sta aspettando, con il volto impassibile, come sempre.

«Ho bisogno di un momento» riesco a dire con la voce non completamente ferma. Faccio qualche passo allontanandomi dall'entrata del ristorante.

Lui non reagisce. Il suo solo lavoro è restare vigile nel caso di minacce di danni fisici.

Cerco di respirare a fondo ma non ci riesco. Sto respirando troppo in fretta. Mi ficco le unghie nel palmo. Devo calmarmi abbastanza da pensare. Riesco a fare un respiro profondo e continuo a camminare attraverso l'atrio a passo veloce. Mi fermo di colpo quando vedo Oscar che si dirige verso di me. «Salve» squittisco.

Continua a camminare e non fermarti finché avrai raggiunto la visione tranquillizzante del mare. È l'unica cosa che potrebbe calmarmi a questo punto, una sorta di sedativo.

Oscar si ferma davanti a me, bloccandomi l'uscita. Mi guarda preoccupato. «Che cosa c'è che non va?»

«Stavo solo facendo una passeggiata, esplorando il casinò.»

Oscar socchiude gli occhi guardandomi. «Perché non ti credo?»

Alzo una mano. «Non lo so. Sono nuova qui e ci sono un mucchio di stanze e corridoi da esplorare.»

«Polly, diventeremo soci d'affari. Non posso lavorare con te se mi menti. Che cosa è successo?»

Deglutisco, poi mi rendo conto che l'ha detto in francese, come se sapesse come arrivare a me. Sfortunatamente ha funzionato. Non voglio mettere a rischio la mia posizione con lui o Adrian. «Mi dispiace. Mi sembra strano condividere cose mie, quindi ho detto la prima cosa che mi è venuta in mente.»

«Condividere cosa?» Non voglio mentire ma non riesco nemmeno a dirgli la verità. Non capirebbe la situazione disperata in cui mi trovo e devo tenere tutto sotto silenzio. Gli rivelo qualcosa solo perché ho bisogno di andarmene in fretta prima di perdere il controllo. «Ho appena cenato con Charles.» Sento una scarica di adrenalina, l'energia che mi percorre le gambe. Ho bisogno di scappare. Ovunque, ma non posso restare qui.

Oscar stringe le labbra. «Ero qui per dirgli di farsi indietro. Sei praticamente fidanzata… aspetta. Sei andata a cena con lui? Hai intenzione di sposare un altro appena tornerai a casa.»

Mi si stringe la gola. Non posso più sposare Peter e le alternative fanno schifo. «Posso andare a cena con chi voglio.»

«Non con lui» sbotta Oscar.

Gli giro attorno e mi dirigo verso l'uscita del casinò. Sono sul punto di mettermi a piangere e non posso affrontare anche lui adesso.

Lui mi raggiunge all'esterno. «Charles è il tipo da una botta e via. Perfino durante il party, è salito al piano di sopra per una sveltina e poi di nuovo dopo il party. Probabilmente è un sessuomane e tu sei… beh, tu sei…»

Mi fermo. «Cosa?»

Le sue labbra si curvano in un sorrisetto che fa apparire la fossetta che si nasconde sotto la barba corta. «Tu sei tu.»

E sembra veramente che sia una cosa buona. Ingoio il groppo che ho in gola. «Sì, beh, io sono io, sia che vada a cena con lui oppure no. Per favore, lascia perdere. Non ho bisogno di un altro chaperon.»

Cambio marcia e mi dirigo al mio albergo, alla porta accanto. Ho bisogno di un po' di tempo da sola per riprendermi. Oscar tiene il passo con me.

Mi volto verso di lui. «Non ho dormito bene la notte scorsa, quindi adesso vado in camera mia a fare un pisolino.»

«No.»

«Sì, invece.»

«No, sei un tipo pieno di energia e l'ultima cosa che faresti durante un raro viaggio senza chaperon sarebbe fare un pisolino.»

Non so che cosa rispondergli. Sono un po' stupita che mi conosca così bene dopo pochi giorni in mia compagnia.

Vado verso l'ascensore. Oscar e Vaughn mi seguono. C'è anche una coppia di mezz'età.

Le porte si chiudono e io guardo fisso in avanti. Non so come liberarmi di Oscar ma adesso che è così vicino non so nemmeno se lo voglio. Lui è tutto ciò che Charles non è, una brava persona, un uomo d'onore, sincero. Si cura di me, cerca di proteggermi e ha un buon odore. L'attrazione per lui quasi mi travolge.

Concentrati. Quali sono le intenzioni di Oscar? Vuole seguirmi nella mia stanza e farmi la predica sui pericoli di cenare con un sessuomane? Charles è molto più pericoloso. È un viscido porco. Ma lo è anche Peter. È possibile che ci sia Peter dietro quest'asta per la vergine? Forse vuole screditarmi, rendermi impossibile prendere il mio posto come regina perché non potrò superare l'esame medico. No, vuole che diventi regina perché è la sua strada per diventare re. Dev'essere un'idea di Charles che cerca di ottenere un vantaggio dalla mia disperazione. È un opportunista.

Oscar si china per parlarmi all'orecchio. «Invitami a entrare.»

Sento il calore invadermi, nonostante la situazione orribile in cui mi trovo. Oscar mi fa sentire al sicuro. Lo guardo e mi rivolge un sorriso tirato. «Voglio parlare con te in privato, lontana dal tuo entourage.» Intende Vaughn.

«Di che cosa?»

«Il casinò e il tuo posto nell'affare.»

Non gli credo. Vuole farmi la predica. «Allora chiamiamo Adrian.»

«Adrian sta vincendo. L'edificio potrebbe crollargli intorno e non si sposterebbe nemmeno.»

Continuo a guardare davanti a me. Ho bisogno di pensare con chiarezza, ma è impossibile. Ero già fuori fase dopo il mio incontro con Charles e ora i miei sensi sono sopraffatti dal profumo sexy di Oscar e dalla sua vicinanza. Sto morendo di caldo. Un momento veramente poco adatto per essere eccitata. Che ironia.

«Solo affari, niente prediche» dico quando le porte dell'ascensore si aprono.

«Prediche» sbuffa Oscar. «Che cosa pensi che sia, un noioso chaperon?»

Gli do un'occhiata di sottecchi. «Prima sembrava proprio che lo fossi.»

Oscar sogghigna. «Volevo solo assicurarmi che sapessi con chi avevi a che fare quando si tratta di Charles.»

Più di quanto tu potresti mai sapere. La sessuomania è il minore dei peccati di Charles.

Qualche minuto dopo lo faccio entrare nella mia stanza. Vaughn resta nel corridoio.

Oscar accende la TV.

«Vuoi guardare la TV?» gli chiedo.

Lui viene verso di me e mi parla all'orecchio a voce bassa. «Voglio avere una conversazione privata. So come comportarmi quando c'è il personale in giro. È tutta la vita che proteggo la mia privacy.»

«Mi piacerebbe che fosse così facile per me.»

Lui appoggia il telecomando sulla cassettiera e poi va dall'altra parte della stanza e si siede sopra la scrivania. «Siediti.» Indica la sedia di legno della scrivania.

Mi siedo. E poi mi rendo conto che devo alzare la testa per guardarlo e mi sento piccola, intrappolata quasi nella posizione di un inferiore. Mi alzo, sposto la sedia e mi siedo accanto a lui sopra la scrivania.

Sono improvvisamente nervosa. Non riesco nemmeno a guardarlo, ma sono di colpo completamente conscia della sua vicinanza, la sagoma scura delle sue gambe nei pantaloni eleganti, la mano sulla coscia, il suo calore, il suo profumo sexy. Sono così *su di giri*. Mi ha confortato ieri sera eppure sono così nervosa che se qualcuno dicesse "buu!" farei un balzo alto un metro. Dev'essere perché ho troppi segreti.

«Polly.»

Guardo i suoi occhi azzurro-verdi e sono acuti, mi stanno esaminando. Mi schiarisco la voce. «Esattamente di che cosa volevi parlare?»

«Se dobbiamo diventare soci d'affari, devi essere sincera con me.»

«Lo so. Mi dispiace. Copro istintivamente le mie tracce quando mi colgono di sorpresa.»

Oscar socchiude gli occhi. «Sembra fosse un po' più di una cena. Coprire le tracce? Colta di sorpresa? Che cosa stavi facendo esattamente con Charles?»

Chiudo la bocca. Devo essere sincera, ma non posso semplicemente condividere la situazione orribile in cui mi trovo. «Non ha niente a che vedere con te.»

«Stai facendo un accordo privato con lui per la nostra impresa?» mi chiede in tono duro.

«No! Niente del genere.»

«Allora cosa?»

Volto la testa. «Non te lo posso dire, okay? Ma non c'è niente di subdolo in ballo dal punto di vista degli affari.»

Oscar mi appoggia la mano calda sulla guancia, girandomi la faccia verso di lui e guardandomi fisso. «Non devi più cenare né avere niente a che fare con Charles, capito? Non mi piace il modo in cui ti tratta.»

Mi tremano le labbra.

«Pol?»

Mi stacco da lui e mi alzo, stringendomi le braccia intorno alla vita. Non voglio perdere il controllo davanti a lui. «Dovresti andare.»

Oscar si alza e resta in piedi davanti a me. «Dimmi che cos'è successo con Charles.»

«Non posso. È vergognoso. Si tratta della mia famiglia» riesco a dire con la voce soffocata.

Attraverso la stanza alla cieca, con il petto stretto, gli occhi bollenti di lacrime.

La sua voce mi segue. «Se non me lo dici, andrò a cercarlo e lo chiederò a lui. Glielo farò dire a botte, se necessario.»

Mi volto. «Oscar. No. Non puoi farlo.» Le lacrime cominciano a scendere nonostante i miei sforzi per trattenerle.

Oscar mi abbraccia e io nascondo la faccia contro il suo petto. Ho tenuto quell'orrore dentro di me per tutto il tempo e, semplicemente, non ce la faccio più. È troppo.

«Peter è una serpe» dico parlando contro il suo torace. «E anche Charles è una viscida serpe, e io sono finita in mezzo. Ricatto e peggio ancora.»

Oscar mi accarezza i capelli. «Comincia dalla prima serpe.»

È più facile parlare senza guardarlo, con la faccia nascosta. Gli racconto tutto, dal debito dei miei genitori al ricatto di Peter, ai suoi piani per il mio palazzo e all'orribile idea di Charles. Gli racconto anche del mio regno tradizionalista, incluse le limitazioni patriarcali impostemi per poter diventare regina. Lui non fa domande e quando finisco con il mio sordido racconto, resta assolutamente zitto.

Rischio un'occhiata e vedo che non mi sta giudicando. C'è un muscolo che vibra nella sua guancia, come se fosse furioso per conto mio. Sento uno slancio d'affetto e lo stringo forte, grata per quella meravigliosa reazione.

Mi abbraccia anche lui. Alla fine dice: «Vediamo se ho capito bene. Hai accettato di fidanzarti con un uomo che sai essere una serpe per salvare la tua famiglia e il tuo regno?»

«Sì. È quello il ruolo di una regina. Il dovere verso il regno viene prima di me.»

Lui mi accarezza una guancia, poi mi alza il volto per farsi guardare in faccia. «Sei tutto ciò che dovrebbe essere una regina, ma non ti sacrificherai per ottenere il posto che è tuo di diritto. E mi assicurerò che Charles non faccia parola di questa faccenda. Dimentica l'asta, non ci sarà.» Oscar strinse le labbra. «Troverò un altro modo per pagare il debito dei tuoi genitori. *Non* dovrai sposare Peter.»

Quasi mi affloscio per il sollievo perché sembra così sicuro di sé, ma poi subentrano i dubbi. «Come? Come farai a ottenere il denaro?» Non è una piccola somma.

Oscar mi accarezza la guancia con il pollice. «Dammi solo un po' di tempo. Fidati di me.»

«Sto esaurendo il tempo» dico a bassa voce. «Mio padre abdicherà molto presto.»

Oscar curva le labbra in un piccolo sorriso. «Hanno inventato i principi per salvare le principesse.»

Mi sfugge una risata. «Io voglio salvarmi da sola.»

«Lascia che ti aiuti. Non devi fare tutto da sola.»

Sento le lacrime che mi bruciano gli occhi. Ero riluttante a condividere il mio fardello, non volevo rendere pubblici i guai della mia famiglia. Non so come pensi di potermi tirar fuori da questo pasticcio, ma non sono riuscita a trovare una soluzione e sono abbastanza disperata da rischiare un salto nel buio.

Lo abbraccio stretto. «Mi fido di te.»

La sua voce rimbomba dentro il petto. «Bene.»

Restiamo così a lungo, abbracciati. Lentamente comincio a rendermi conto del calore che si irradia tra di noi, della sensazione del suo corpo duro contro il mio morbido.

Alzo la testa e i nostri sguardi si incontrano in un momento elettrico. Mi si ferma il fiato in gola vedendo il puro desiderio nei suoi occhi. Il suo sguardo si abbassa sulla mia bocca e apro le labbra, con il respiro affrettato.

Le nostre bocche si incontrano per un bacio che mi sconvolge. Sento il sangue che scorre veloce nelle vene. Non avevo mai pensato che un bacio potesse essere così… elettrizzante. Oscar sposta le dita sul lato del mio collo, sulla pelle sensibile sotto l'orecchio. Mi sembra di non riuscire a smettere di baciarlo, di volere sempre di più. Lui prende il controllo, approfondendo il bacio. Sento il calore e l'umidità tra le gambe, una pressione al basso ventre che mi è estranea. È così la passione? Urgente, bollente, esigente. Non mi sono mai sentita così in tutta la mia vita.

Oscar interrompe il bacio e mi scosta bruscamente da lui. Mi gira la testa per un attimo, mi sento fremere dappertutto.

Allungo le braccia e lui si allontana, passandosi entrambe le mani tra i capelli. «Cazzo» mormora.

Io mi premo le dita sulle labbra che formicolano ancora.

La sua voce è roca. «Questo non è mai successo.»

«Perché?»

«Perché sei tu, la regina. La principessa vergine.» Si guarda intorno freneticamente, come se avessi dimenticato qualcosa; poi si picchietta le tasche e si precipita verso la porta.

Lì si ferma e si volta. «Stai lontana da Charles.»

«Okay.» La mia voce esce sommessa. «Potresti baciarmi ancora per favore? Ne ho bisogno più del mio prossimo respiro.»

Oscar emette un gemito e fa un passo indietro.

«Oscar.»

Lui mi guarda per un lungo momento, studiando i miei lineamenti. Riesco a vedere la sua indecisione. Vorrebbe restare ma è combattuto. Penso che stia proteggendomi da se stesso. E me lo fa solo desiderare di più.

Scuote la testa, si volta ed esce.

Io fisso la porta per un lungo minuto. Non mi meraviglia di non essere mai stata tentata da un uomo prima d'ora. Non ho mai provato la passione. È pazzescamente intensa. Perfino adesso, sono tutta calda ed eccitata, sento le gambe pesanti. Voglio il suo peso su di me, la sua pelle sulla mia. Cose che non ho mai voluto in vita mia.

Lui ha accettato la mia vergognosa, orrenda situazione senza giudicarmi. Fenomenale. Quest'uomo mi piace, mi piace veramente. Non so esattamene che cosa farci, ma il mio istinto mi dice di tenerlo vicino. O forse è solo il desiderio. In un modo o nell'altro, non è finita con Oscar.

9

Oscar

Ho fatto un casino. Non avrei dovuto baciarla. Che diavolo stavo pensando. Lei ha bisogno di sposarsi in fretta e abbiamo un accordo d'affari. Io voglio aiutarla, non rovinarla. Lei deve diventare regina, reclamare il suo diritto di nascita secondo i dettami del suo regno retrogrado: una principessa vergine che deve restare tale finché si sposerà.

Ho perso la testa, è l'unica spiegazione.

Gesù, quel bacio. Calore bruciante, desiderio pressante. Devo smettere di pensarci, smettere di risentire le sue parole *"Potresti baciarmi ancora per favore. Ne ho bisogno più del mio prossimo respiro"*.

Non è successo. Non lo dirò a nessuno. Lei non lo dirà a nessuno. Quindi quel bacio non esiste.

L'ho evitata, a cena, scegliendo il servizio in camera e ora sono sulla terrazza con Adrian e sto giocando a poker a un tavolo con le puntate alte. Ho una mano vincente e, se solo riuscissi a restare concentrato, potrei vincere alla grande. Ho bisogno di contanti per pagare Charles. L'ho già chiamato e gli ho detto di non contare su Polly. Lui non ha discusso, ha semplicemente detto. «Aspetto di ricevere la tua controfferta.» Ovviamente tutto ciò che gli interessa è la sua fetta. Ha detto che sarà nel suo ufficio stasera per l'incontro che gli ho chiesto.

Do un'occhiata agli altri giocatori, cercando di leggere le loro espressioni. Adrian guarda fisso il tavolo e la sua faccia non rivela niente. C'è un petroliere di mezza età con un cappello da cowboy, che sembra allegro (probabilmente è sbronzo) e uno sceicco saudita, petroliere anche lui, che sembra serio (forse ha una mano buona). I due probabilmente si sono incontrati qui per ragioni d'affari. Ci sono anche tre italiani, in abiti firmati. Sono silenziosi, dopo aver chiacchierato giovialmente per un po' (probabilmente hanno una brutta mano),

Poco dopo faccio la mia mossa e vinco il piatto. Tutti gli uomini si lamentano. Il mazziere mi consegna una placca rettangolare con il valore inciso. Adrian sorride. È da un po' che cerca di migliorare il mio gioco. Lui ha una memoria quasi fotografica che lo aiuta quando si tratta di carte.

«Resta» mi dice il cowboy. «Dacci la possibilità di riprenderci un po' dei nostri soldi.»

«Un'altra volta.»

Incasso e vado direttamente nell'ufficio di Charles al piano di sotto. La porta è parzialmente aperta, quindi entro direttamente. Lui è seduto dietro alla scrivania che guarda il soffitto con un'espressione rapita. Noto un tacco alto che sporge dal lato della scrivania.

Charles mi guarda, con un sorrisetto sulle labbra. Che pezzo di merda. Sapeva che sarei venuto stasera. E ha lasciato la porta aperta. Esco e aspetto.

Cinque minuti dopo, una rossa, alta e con i seni enormi mi passa accanto uscendo.

Charles mi chiama: «Puoi entrare, Oscar.»

Giuro che questo tizio è un sessuomane, oltre a essere uno stronzo e non lo voglio nelle vicinanze di Polly.

Vado alla sua scrivania. Dato che non mi fido di lui, chiedo subito: «Hai annullato l'asta come abbiamo discusso?»

Lui sospira. «Troppo tardi. Si erano già iscritte un centinaio di persone con abbastanza soldi da comprare una piccola nazione. Magari potrebbero comprare la vostra.»

Mi arrabbio. Villroy può anche avere qualche problema economico, ma sta riprendendosi e sarà di nuovo una potenza. «È illegale, non puoi mettere all'asta una donna e lei non ha mai accettato.»

«Accetterà. Le ho dato fino a mezzanotte ed è disperata.»

Stringo i pugni, con la rabbia che cresce. Ho voglia di prenderlo a botte, nonostante avessi in programma di pagarlo.

«Farò anch'io un'offerta» dice con un gran sorriso. «È raro trovare un tale bel pezzo di figa.»

Lo afferro per il colletto e lo scuoto. «Chiudi il becco. È finita.»

«Ho chiamato la sicurezza» mi dice. «C'è un pulsante sotto la mia scrivania.»

Lo lascio andare e torno al mio piano originale. «Avrai la tua fetta. Annulla l'asta. Lei non ci sarà.» Tolgo dalla tasca il fascio di banconote che ho vinto e lo getto sulla scrivania. Cinquantamila euro. «E tieni la bocca chiusa su Polly.»

Lui dà un'occhiata ai soldi. «Non bastano nemmeno lontanamente.» Alza una mano. «Non posso deludere tanti clienti del casinò.»

Sento dei passi in corridoio. La sicurezza. Non posso rischiare la pubblicità negativa per la mia famiglia se dovessi essere trascinato via dalla sicurezza. In quel momento so che cosa devo fare. So che cosa vale il mio vigneto in Italia e so che posso venderlo in fretta.

«Centomila euro» dico in fretta.

Lui si mette a ridere. «Un milione.»

«Mezzo milione e non mi rivolgerò alle autorità.»

«Fatto.» I suoi occhi azzurri scintillano, bastardo. Sono lieto di non essere entrato in affari con lui. Sarebbe stato un errore enorme.

Mi volto proprio nel momento in cui la sicurezza si precipita nella stanza.

«Mi dispiace, devo aver premuto il pulsante per errore. Avevo una donna sotto la scrivania» dice Charles in tono allegro.

Gli uomini sogghignano, tranquillizzati.

«Mi metterò in contatto» gli dico ed esco.

Ho parecchio da fare per riuscire a concludere tutto. E non lo dirò a Polly finché sarà tutto fatto perché non voglio che si preoccupi ancora. Per una volta, qualcuno ha bisogno di me e non ho intenzione di deluderla.

~

Polly

Oggi non ho visto Oscar. Adrian ha detto che è andato a controllare il suo vigneto che non è lontano da qui. Mi ha anche passato un suo messaggio che dice "Me ne sono occupato io". Adrian mi ha guardato incuriosito, ma non gli ho dato nessuna spiegazione. Oscar si è occupato del problema di Charles. L'ha fatto per me. È un enorme sollievo. Vorrei potermi rilassare, ma ho ancora il ricatto di Peter che mi pende sulla testa come una spada di Damocle.

Sono a letto ed è tardi, ma non riesco a dormire. Ho in testa un groviglio di pensieri mentre cerco di capire cosa fare per battere Peter. So che Oscar ha detto di lasciar fare tutto a lui, ma non sono mai stata un tipo passivo. Devo fare qualcosa.

Sento bussare alla porta. Mi raggelo, con il cuore che batte all'impazzata. Sono da sola qui e stanotte avrebbe dovuto tenersi l'asta per la mia verginità. *Okay, adesso calmati.* Vaughn è di guardia fuori. Sono al sicuro. A meno che un branco di uomini, furiosi perché gli è stata negata la loro vergine conquista, non sia calato in silenzio e abbia messo fuori combattimento la mia unica guardia.

Afferro la vestaglia e la infilo sopra la camicia da notte prima di sbirciare attraverso lo spioncino. Oscar. Mi rilasso.

Apro la porta. «Ehi.»

Lui mi sorride con calore. «Invitami a entrare.»

Faccio un passo indietro, permettendogli di entrare.

Lui guarda la mia lunga vestaglia e i piedi nudi prima di fissarmi negli occhi. «È finita. Ti ho salvato.»

Sto sorridendo. Penso che gli piaccia fare la parte dell'eroe che salva la damigella e mi sorprende quanto piaccia anche a me. Mi sono sempre arrangiata da sola. «Grazie, Oscar, lo apprezzo veramente.»

«Prego.»

«Pensi che Charles terrà la bocca chiusa? Sa veramente troppo.»

Oscar si passa la mano tra i capelli. «Il mio intuito mi dice che gli interessava fare soldi in fretta. Non vuole doversi sforzare troppo per ottenerli.»

«Spero che tu abbia ragione.»

Lui mi guarda negli occhi in quel suo modo serio, cercando di leggermi nell'anima. Aspetto che si chini per un bacio, ma si limita a osservarmi. Sento il calore pulsare dentro di me, non posso farne a meno. Gli metto le braccia intorno al collo e lo bacio sulla bocca. Lui lascia le braccia penzoloni lungo i fianchi.

Lo bacio di nuovo e oso passare la lingua sul suo labbro inferiore e a quel punto la sua bocca si chiude sulla mia e la sua lingua entra in gioco. Sento il fuoco sulla pelle. Le sue braccia si chiudono intorno a me e mi premono forte a lui. Mi sento vibrare, la testa che nuota nel desiderio puro. Sono travolta da una passione che mi consuma.

Oscar interrompe il bacio e si stacca le mie braccia dal collo, facendo un passo indietro. «No.»

«No?»

Oscar si ficca una mano nei capelli, ha la voce roca. «Ti ho salvato in modo che tu possa restare quella che sei. Sei una regina. È quello il tuo destino.»

«In questo momento non mi interessa. Tutto ciò che voglio è stare vicino a te.»

Lui arretra. «Tra poco riceverò un bel po' di soldi. Una parte servirà per pagare il debito dei tuoi genitori, una parte per pagare Charles e il resto per finanziare il casinò di Villroy. Diventerai una socia alla pari con me e Adrian.»

Resto a bocca aperta. «Che cos'hai fatto? Hai venduto delle terre ancestrali? Gioielli di famiglia?» So che non aveva quel genere di soldi.

Lui sbuffa. «Il quartogenito non ha terre ancestrali o gioielli di famiglia da vendere.»

Mi si chiude la gola per l'emozione. Non riesco a credere a ciò che ha fatto per me. «Oscar, grazie, veramente, ma non puoi semplicemente *regalarmi* parte dell'impresa del casinò. Non mi sono guadagnata quel posto.»

Mi guarda teneramente. «Sto scegliendo di condividere la società con te perché voglio lavorare con te. Mi piace l'entusiasmo che hai per questo progetto, mi piacciono le tue idee e ciò che puoi mettere sul tavolo. E tu ne hai bisogno per tenere al sicuro la tua famiglia in futuro.»

È esattamente ciò che avevo pensato avrebbe fatto l'investimento per la mia famiglia, ma non ho mai pensato che mi avrebbe semplicemente regalato una quota della società. «Non posso accettare.»

«Devi, o sarà un insulto per il principe che è venuto in tuo soccorso.» Si porta la mano al petto con un gesto melodrammatico. «Un'offesa al mio onore. Potrei doverti sfidare a duello.»

Rido un po'. «Oh, Oscar.» Chino la testa, onorata dalla sua fiducia in me e dalla sua generosità. Giuro di restituire questa generosità moltiplicata per dieci, in qualunque modo mi sarà possibile. «Grazie.»

«Prego.»

Oscar si avvicina e mi liscia i capelli con le dita che mi sfiorano il lato del collo, facendomi rabbrividire. Vorrei abbracciarlo, ma prima devo sapere una cosa molto importante.

«Per favore, dimmi come hai ottenuto il denaro. Se l'avevi già non avresti avuto bisogno di cercare un altro investitore per il casinò.»

Lui mi pizzica il mento. «Ho monetizzato una proprietà che avevo per salvarti. Non preoccuparti, è tutto legale e alla luce del sole.»

«Adrian penserà che tu sia pazzo perché vuoi farmi socia» sussurro, ancora sconvolta dal suo grande gesto.

Il suo sguardo si abbassa sulle mie labbra. «Forse è così.»

Sento le ginocchia molli e una pressione al basso ventre che mi fanno ondeggiare verso di lui.

Oscar si tira indietro. Il suo sguardo brucia nel mio, ma si volta e va verso la porta.

Appena la chiude alle sue spalle, sprofondo nel letto. Sono delusa, e grata, e frustrata, tutto allo stesso tempo.

Ma più che altro grata.

~

Oscar

Le sopracciglia di Adrian schizzano verso l'alto. «Hai fatto cosa?» chiede per la seconda volta.

«Ho venduto il mio vigneto.» Mi lascio cadere sul divano nella sua suite in albergo. È tardi ma sono agitato dopo l'enorme forza di volontà che c'è voluta per lasciare intatta (quasi completamente) Polly questa sera. «Un accordo verbale. Ci vorrà un po' per preparare i documenti e sistemare tutto, ma sono sicuro che andrà tutto liscio. Il proprietario del vigneto confinante mi fa offerte da anni. Quindi adesso possiamo procedere con il casinò.»

Adrian si ficca una mano nei capelli. «Oscar, era la tua eredità. Dicevi che era per la tua futura famiglia. E dev'essere l'ultima cosa che ti restava dai tuoi giorni da calciatore.»

Alzo una spalla. «I giorni da calciatore sono finiti e non ho intenzione di sposarmi tanto presto. Probabilmente guadagnerò ancora di più con il casinò e potrò comprare un altro pezzo di terreno.»

Adrian si siede accanto a me sul divano, sconcertato. «Hai fatto tutto per una donna che se ne andrà presto per sposare un altro uomo.»

Lascio andare il fiato che stavo trattenendo. Polly non dovrà sottostare al ricatto e sposare Peter una volta che avrò ripagato il debito dei suoi genitori, ma è vero che ha bisogno di sposarsi presto per poter governare da regina. È così che funziona nel suo regno tradizionalista.

Adrian non capisce, anche perché non mi sono mai fatto avanti in questo modo prima d'ora. Nessuno ha mai avuto bisogno che lo facessi. «L'ho salvata da una brutta situazione che vuole tenere sotto silenzio e l'ho fatto anche per noi.

Adesso abbiamo qualcosa anche noi con cui contribuire. Non ho mai pensato di poter far parte della storia della nostra famiglia. Adesso ne faremo parte entrambi.»

Adrian scuote la testa. «Credimi, lo capisco. Sono il più giovane di sette. Perfino la mia gemella mi ha battuto, è nata un minuto prima di me. Ma, Oscar, è una cosa seria.»

«Aveva bisogno di me.» È la pura e semplice verità e sono fiero di esserle andato in aiuto.

Lui mi ficca un dito in petto. «Sei innamorato di lei.»

Mi raggelo. «No, non è vero.» *Sono innamorato di lei?* Non è quello che voglio. L'ultima cosa che voglio è rinunciare al mio posto a Villroy per sposarla e trasferirmi in un regno retrogrado. Posso trovarla seducente, ma non sono arrivato a quel punto.

«Sì! Sei completamente andato, instupidito, fin dal momento in cui l'hai incontrata. L'abbiamo notato sia Lucas sia io.»

Scosto il colletto, di colpo ho troppo caldo. «Instupidito dal desiderio, forse. Ci saranno altre donne.»

Appoggio i gomiti sulle ginocchia e resto zitto per un momento prima di dire: «Non c'è niente che voglia più di costruire e gestire questo casinò con te.»

«E lei.»

Mi dà un'occhiata di traverso. «È quello che sto dicendo. Avresti semplicemente potuto vendere il tuo vigneto e tu e io saremmo stati soci. Ora abbiamo un terzo socio che... lasciamo perdere.»

«Dillo e basta.»

Si raddrizza. «Sarà una dei proprietari del casinò e ne trarrà profitto in eterno senza aver contribuito finanziariamente. Chiediti il perché, Oscar. Che cosa credi che ricaverai da questa storia.»

«Non capisci. Non l'ho fatto per me.»

«Okay, dimmi com'è, allora.»

«Lei contribuirà. Ha delle grandi idee per il casinò.» E voglio che abbia tutto ciò che sogna. È eccitata al pensiero del casinò quanto lo sono io. E forse, egoisticamente, voglio mantenere un legame con lei, anche se si tratta solo di affari. Quello lo tengo per me.

Adrian mi dà un'occhiata dura. «Grandi idee e niente soldi, eppure diventa socia alla pari. È un *regalo*.»

Stringo le labbra. «Ho fatto la cosa giusta. Polly ha sopportato per tutta la vita regole rigide e retrograde, solo per poter prendere il suo legittimo posto. È una regina.»

Lui sospira. «Okay.»

«Era in una pessima situazione. L'ho risolta, per ora e per il futuro.»

Adrian mi guarda fisso. «Ti stai esponendo a una delusione.»

«Non resterò deluso. Tutto ciò che mi serve è vederla prendere il suo posto come regina.»

«La desideri. È così ovvio.»

Non ho intenzione di negarlo, ma mi rifiuto anche di rovinarle la possibilità di essere quella che era destinata a diventare. Lei è destinata a grandi cose e non può farlo con me a Villroy.

Mi alzo. «Voglio il casinò e adesso lo avrò.»

10

È venerdì pomeriggio tardi e sono di nuovo nel palazzo di Villroy. Per prima cosa sono andata a vedere Anna e sta benissimo. Il medico pensa che ci vorrà un'altra settimana, o forse due, prima che nasca la bambina. Lei spera di avere più tempo perché l'inaugurazione della spa è tra due settimane. Ora sono tornata nella mia stanza e fisso il mare, insolitamente rilassata e felice. Presto potrò liberarmi dal peso delle minacce di Peter e, come beneficio collaterale, otterrò di far parte di una nuova impresa che mi interessa veramente molto. Forse posso rimandare ancora per un po' la necessità di avere un marito, guadagnare un po' di tempo, in qualche modo. Non ho ancora capito come, ma le nuvole si sono aperte e sto pensando più chiaramente ora che ho parlato a Oscar del mio orribile segreto.

Ho anche avuto un po' di libertà. Marge resta rintanata nella sua stanza per non diffondere germi e Vaughn ha deciso che i pericoli per me, qui, con le guardie di palazzo, sono minimi, quindi ha fatto un passo indietro. Ovviamente se dovessi uscire dalle mura del palazzo, avrei Vaughn e uno chaperon attaccati alle costole, ma sono felice di restare qui.

Bussano alla porta.

«Avanti.»

Entra Lina, la mia cameriera, che fa una profonda riverenza. «Altezza, la regina Anna vorrebbe che si unisse alla famiglia per la cena nella sala da pranzo cerimoniale, tra un'ora. L'aperitivo è in salotto, se desidera.»

«Grazie.»

«Signora, posso parlarle di una faccenda privata?»

«Certamente!»

Lei chiude la porta prima di avvicinarsi. «Signora, voglio ringraziarla di nuovo per avermi incluso nel vostro viaggio.»

Sorrido. Mi ha già ringraziato sul volo di ritorno e mentre mi aiutava a disfare le valigie. «Sei stata una fantastica compagna di viaggio.»

Lei mette la mano in tasca e ne toglie dei contati. «Non mi sembra giusto accettare i suoi soldi. Ho ottenuto molto più di quanto potrei mai ripagare in questo viaggio e non deve temere che dica anche una sola parola sul tempo passato lì.»

Mi metto le mani dietro la schiena per impedirle di ridarmi il denaro. «No, avevamo un patto. I soldi sono tuoi. Magari potresti comprare della lingerie sexy, per Louis.»

Lei arrossisce. «Non avrei mai potuto conoscerlo se non fossimo stati fuori dal palazzo. Lui ha il suo lavoro e io ho il mio. Le nostre strade non si incrociavano spesso, ma ora...» sorride radiosa, «... sono innamorata.»

Mi si stringe la gola. Sembra così felice. «È meraviglioso.»

Lina annuisce. «Sì. Intende sposarmi appena avrà risparmiato abbastanza per un cottage sull'isola.»

Un cottage. Io ho un palazzo, eppure, in qualche modo, sembra lei la più fortunata.

Le stringo il braccio. «Allora devi usare i soldi per comprarti un abito da sposa. Sarà il mio regalo di nozze per entrambi.»

«Grazie, signora! Dio la benedica.»

«Non è niente, davvero.»

Lei fa un'altra riverenza e si congeda.

Mi stringo nelle spalle, sento un vuoto nel petto. Non ha senso desiderare ciò che non si può avere. Non sono una donna libera che può sposarsi per amore. Sono nata in una famiglia reale, e non dovrei desiderare niente di diverso.

Sospiro e raddrizzo le spalle. Vado in salotto per vedere chi c'è per un drink. Non ho il velo, ma sono tornata al mio solito guardaroba modesto, sapendo che Marge si insospettirebbe immediatamente se indossassi uno dei vestiti più audaci che avevo a Monte Carlo. Ho una camicia bianca con una gonna color lavanda e ballerine beige. Bello, ma noioso. Ho lo strano desiderio di gettare il mio intero guardaroba in mare e cominciare da capo.

Quando arrivo in salotto, seduto sul divano di pelle bordò c'è solo Adrian che guarda il suo telefono. Sul tavolo davanti a lui c'è una tazzina di caffè espresso.

«Salve» dico, cercando di parlare in tono tranquillo. Avevo sentito i suoi occhi su di me durante il volo di ritorno e avevo temuto che non fosse contento che Oscar mi avesse fatto entrare come socia.

«Salve» dice, alzandosi quando mi avvicino. «Vuoi qualcosa da bere?»

Mi guardo attorno. Non ci sono domestici. «Che cosa stai preparando?»

«Posso ordinare qualunque cosa tu voglia. Oppure potrei versarti dello scotch o un brandy.»

«Niente per ora, grazie.»

Adrian mi indica di sedermi sul divano. Mi siedo, incrociando le gambe alle caviglie, con le mani ripiegate in grembo.

Lui si siede accanto a me. «Allora ho sentito che sei con noi per il casinò.»

Sento il calore salirmi lungo il collo. Spero che Oscar non abbia rivelato molto delle circostanze che hanno dato origine al suo gesto per me. «È stato generoso da parte di Oscar e sono molto lieta di farne parte.»

Lui mi studia attentamente. «Comunque quel vigneto se ne stava semplicemente lì, non serviva a molto.»

Alzo di colpo gli occhi. «Vigneto?» Oscar era andato a controllare il suo vigneto.

Adrian stringe le labbra. «Non te l'ha detto?»

«Mi ha solo detto che aveva monetizzato una proprietà.

Gli ho chiesto se si trattasse di terre ancestrali e mi ha risposto di no.»

«Non era una proprietà ancestrale. L'aveva comprato con i soldi guadagnati giocando a calcio e intendeva costruire lì una casa, per la sua famiglia. Probabilmente era l'ultima cosa che gli restava dai suoi giorni di calciatore e per lui aveva un grande valore sentimentale. Il calcio è una cosa che condivideva con nostro padre.» Continua a guardarmi con attenzione. «Ecco fino a che punto voleva che tu facessi parte della squadra.»

Il calcio è cosa morta per lui. Lina mi ha informato che Oscar era stato costretto a ritirarsi a causa di un infortunio. Non sapevo che fosse la sua cosa speciale con il defunto padre. Mio Dio. Aveva rinunciato all'ultima cosa che gli restava da quelli che dovevano essere stati i momenti d'oro della sua vita *per me*. Sono sopraffatta, sento il cuore che mi batte nelle orecchie. È stato eroico da parte sua e non riesco a credere che si sia sacrificato per me. E non ha chiesto niente in cambio. È la cosa più generosa, meravigliosa che qualcuno abbia mai fatto per me. Non so come potrò mai ripagarlo.

La mia voce esce soffocata e ho gli occhi che bruciano per le lacrime. «Perché l'ha fatto?»

Adrian piega di lato la testa. «Perché pensi che l'abbia fatto?»

Io guardo nel vuoto. «Non lo so» sussurro, ma una parte di me lo sa. Mi ha tenuto al sicuro da Peter e Charles, ha preservato il mio diritto di nascita e mi ha fatto socia di un'impresa che in futuro aiuterà la mia famiglia. Perché fare un gesto così eroico? Devo significare qualcosa per lui. Ma ha detto che voleva che prendessi il mio posto come regina, ed è un futuro che non include lui. Che cosa significa? Che cosa posso fare?

Proprio in quel momento la porta si spalanca e l'allegro chiacchiericcio di Anna e Alice spezza la tensione di quel momento.

«Sono sicura che lo capirai» dice Adrian sottovoce.

Io resto seduta lì, stordita, rendendomi conto che ho una cosa che non avevo mai pensato di poter avere: un vero legame con un uomo meraviglioso… senza la più pallida idea di che cosa fare.

Gabriel, Lucas e Oscar entrano un momento dopo. Fisso Oscar che sta sorridendo e scherzando con Lucas, perfino Gabriel sorride un po' alle prese in giro dei suoi fratelli.

Oscar è il mio eroe.

Mi alzo in piedi prima ancora di rendermi conto di che cosa sto facendo e attraverso la stanza per andare da lui. Anna mi chiama, ma è un suono lontano, io sono concentrata su quest'uomo incredibile e fin troppo bello che rispecchia solo il suo cuore fin troppo buono. È meraviglioso dentro e fuori e io sono sconvolta.

Mi fermo davanti a lui, con il cuore che sembra volermi uscire dal petto. «Oscar.»

Lui smette di sorridere e mi tira da parte, lontano dagli altri. «C'è qualcosa che non va?»

«Hai fatto una cosa per me, una cosa così incredibile, e quasi non riesco a crederci. Hai venduto la tua proprietà più preziosa, la terra che rappresentava il tuo futuro.»

Lui guarda oltre la mia spalla, con una smorfia suo viso. «Non avrebbe dovuto dirtelo.»

«Sono così grata, così sopraffatta dal tuo gesto.»

«Mi hai già ringraziato. Non era niente» borbotta.

«Non è vero che non era niente! Nessuno ha mai fatto niente di così meraviglioso per me, in tutta la mia vita.»

Lui mi tira i capelli. «Già, hai vissuto una vita molto ritirata.»

«Non sminuire il tuo gesto eroico! Mi rimarrà nel cuore per sempre.»

Oscar si china sul mio orecchio. «Quindi adesso tu sarai l'eroina e diventerai la regina migliore che Beaumont abbia mai avuto.» Mi accompagna verso il gruppo con una mano salda sulla mia schiena.

«Lo farò in tuo onore» prometto, senza riuscire a smettere di guardarlo.

«Oh, stiamo parlando in francese?» chiede Anna. «*Bonjour, ma famille!*»

Sbatto le palpebre. Non mi ero resa conto che Oscar e io

stessimo parlando in francese. Sono tornata alla mia lingua madre perché ero emotivamente scossa, oppure era stato lui, sapendo che in quel modo sarebbe stato più facile arrivare alla mia anima?

Anna chiacchiera in francese, massacrando la lingua. Gabriel e Lucas sembrano soffrire. Alice sembra solo confusa.

Oscar mi guarda negli occhi e mi rivolge un sorriso afflitto mentre continua in inglese: «Sapevo che in quel modo mi avresti sentito meglio.»

Ho gli occhi che bollono. Quest'uomo. Mi capisce fino in fondo. Vorrei gettargli le braccia al collo e abbracciarlo stretto, ma non posso. Non di fronte a tutti. Inoltre il protocollo lo proibisce; il mio regno lo proibisce.

Per la prima volta in vita mia, ho incontrato un uomo che mi tenta abbastanza da rischiare un regno.

E vorrei tuffarmi nella tentazione.

Sento il polso che accelera a ogni minimo suono mentre mi dirigo di nascosto nell'ala ovest, alla stanza di Oscar. È notte piena e ho aspettato finché sono stata sicura che dormissero tutti. No, non mi ha invitato. Anna mi ha detto qual è la sua stanza quando gliel'ho chiesto. So che spera in un'unione. Il lignaggio di Oscar è giusto, ma non porterebbe vantaggi al mio regno e lui è legato a Villroy, per via del casinò. So benissimo che non posso sperare in un futuro, ma ho il presente. Ho trovato passione e una profondità di sentimenti che non avevo mai pensato di sperimentare. Non posso lasciarmele sfuggire dalle dita.

Busso alla sua porta, sperando che nessuno si accorga della mia presenza.

«Oscar» sussurro.

Busso di nuovo. Avrei dovuto chiedergli il numero di telefono, in modo da potergli mandare un messaggio, o chiamarlo. Non ero sicura se mi avrebbe lasciato entrare, però, ed è il motivo per cui mi sono semplicemente presentata. Lui ha mantenuto le distanze da me, a cena e poi in salotto, assicurandosi che non restassimo mai soli. E tutte le volte che i nostri sguardi si incrociavano, l'intensità mi toglieva il fiato.

Finalmente la porta si apre e appare Oscar, a petto nudo, e resto a bocca aperta. Il suo petto è ampio con una lieve spolverata di peli scuri, muscoli cesellati dai pettorali agli addominali, fianchi stretti in un paio di sciolti pantaloni del pigiama grigi. Mi pizzicano le dita dal bisogno di toccarlo.

Lui tiene la porta aperta solo a metà. «Come hai fatto a trovarmi?»

«Ho chiesto ad Anna qual era la tua stanza. Invitami a entrare.» Lui mi aveva chiesto di invitarlo a entrare quando eravamo in albergo e aveva funzionato, quindi…

Oscar mi scruta il viso.

«È sbagliato?» sussurro.

Lui mi tira dentro e chiude silenziosamente a chiave la porta alle mie spalle. Sento il cuore sbattere contro le costole. Aspetto, sperando disperatamente che mi tocchi.

«Non chiedermi se è sbagliato» dice con la voce roca e poi mi prende tra le braccia.

Gli getto le braccia al collo e lo bacio. Lui mi tiene la nuca con una mano calda e l'altra scivola lungo la schiena, e il calore penetra attraverso la vestaglia di seta. Sono in paradiso. Non può esserci niente di meglio di questo bacio appassionato. La mano scivola più in basso, sul sedere e mi preme contro di lui. Sento il calore che si accumula tra le gambe. *Sì. Sì.* I miei fianchi cominciano a ondulare per conto loro mentre la sua bocca reclama la mia.

Oscar si sposta, lasciando una scia bollente di baci lungo la mia mandibola, affondandomi il naso nel collo. Infila le mani dentro la vestaglia, passandole sulle costole prima di appoggiarle sul seno, e sfiorare i capezzoli con i pollici. Gemo, sento le ginocchia molli, sopraffatta da puro desiderio.

«Non ho mai pensato che potesse essere così» dico, senza fiato.

Oscar mi guarda negli occhi prima di premere le labbra sulle mie in un bacio tenero che quasi mi distrugge. Ho le gambe pesanti, mi aggrappo alle sue spalle. Oscar mi slaccia la vestaglia, abbassandola dalle spalle e abbassa la testa, lasciando una scia incandescente lungo la gola fino alla sommità del seno. Si ferma per far scivolare le spalline della camicia da notte dalle spalle, e tirando il tessuto, facendola ricadere fino in vita.

«Pol.» Ha la voce roca. «Così sexy.» Mi appoggia le mani sul seno e poi lo bacia. Baci bollenti a bocca aperta, avvicinandosi sempre di più al capezzolo che si contrae in un duro bocciolo. Poi la sua bocca si chiude sopra e Oscar succhia forte.

«Oh!» Intreccio le dita nei suoi capelli folti mentre lui continua a succhiare, stordendomi con l'intenso piacere. «Non fermarti.» Riesco a sentirla che cresce dentro di me, una pressione intensa, pulsante.

Oscar mi pizzica e poi fa rotolare l'altro capezzolo tra le dita e io gemo forte, poi mi tappo la bocca con la mano. Lui cambia lato, succhiando l'altro seno e ho il respiro corto. C'è una pressione tra le mie gambe che non ho mai sentito prima; una carezza e giuro che esploderò.

Oscar alza la testa, sfiorandomi la guancia con un bacio prima di sussurrarmi all'orecchio: «Voglio farti sentire bene.»

«Sì, lo stai già facendo. Lo voglio anch'io.»

Lui mi toglie la camicia da notte, mi divora con gli occhi prima di mettersi in ginocchio e premere un bacio sulle mie mutandine umide. Mi manca il fiato a quel contatto intimo. Aggancia i lati delle mutandine con le dita e le sfila prima di alzarsi in piedi. Io do un calcio alle pantofole e allungo la mano verso la cintura del suo pigiama, ma lui mi spinge via le mani.

«Solo tu» dice prima di prendermi la mano e portarmi verso il letto.

«Perché?»

«Perché voglio continuare a essere il tuo eroe, non il motivo per cui non potrai ottenere il tuo posto nel tuo regno.» Sposta le coperte e sale sul letto, appoggiando un cuscino sulla testiera e sedendosi. «Vieni qua.» Da un colpetto al materasso, allargando le gambe per farmi spazio.

Salgo anch'io sul letto, inginocchiandomi tra le sue gambe e lo bacio. La sua bocca è famelica sulla mia e l'intensità sta salendo alle stelle mentre le sue mani vagano dappertutto sul mio corpo.

Oscar si stacca, respirando affannosamente. «Voltati. Siediti tra le mie gambe.»

Sono confusa, ma faccio quello che mi dice. Il calore del suo petto mi incendia. Pelle a pelle, come volevo. È sensuale.

Mi abbraccia da dietro. «Dimmi fin dove sei arrivata finora con i tuoi ragazzi.»

Chiudo gli occhi, imbarazzata.

Sento il suo fiato sopra il mio orecchio. «Niente ragazzi, okay. Probabilmente non avrei dovuto portarti così presto, nuda, nel mio letto.»

Volto la testa in modo che possa vedere la verità nei miei occhi. «Sono io che voglio essere qui.»

«Sono il primo uomo che baci?»

«No, ho baciato tre uomini, ma non c'era passione, non come con te e non ho mai avuto la tentazione di andare oltre. Nessuno mi ha mai toccato dal collo in giù.»

Fa una smorfia. «Pol, forse…»

«No.» Volto la testa e mi sistemo tra le sue braccia, accoccolandomi contro di lei. Oh wow, c'è qualcosa che spinge contro il mio fianco. Oscar grugnisce e sposta un po' più lontano i miei fianchi. «Fai quello che vuoi» gli dico. «Sono sicura che piacerà anche a me.»

Le sue parole sono bollenti contro il mio orecchio. «Hai mai avuto un orgasmo?»

«Sì, da sola.»

«Cominceremo da lì.»

Sto per dire: "Buon inizio, poi andremo avanti", ma Oscar infila le sue mani grandi tra le mie cosce e non riesco a trovare la voce. Mi allarga le gambe, sollevandole per appoggiarle sopra le sue.

La sua voce mi romba accanto all'orecchio. «Rilassati contro di me. Ti piacerà di più se ti abbandoni. Guarda in basso e osserva le mie dita fare la loro magia.»

Mi guardo, completamente esposta. Le luci sono accese. Guardo fisso in avanti. «Stai guardando?»

«Certamente.»

Guardo in basso. Oh Dio. Un lungo dito mi fa una carezza, elettrica, e sobbalzo.

«Shh, rilassati.» Mi tira indietro la testa, appoggiandola contro il suo petto. «Sai che cosa intendo dire per abbandonarti?» Le mani salgono ad accarezzarmi il seno, facendo rotolare e tirando i capezzoli, una linea diretta, pulsante, verso il mio sesso. Arcuo la schiena. Le dita si serrano forte sui capezzoli, sorprendendomi con il piacere acuto. Molla la presa e mi copre il sesso con la mano, premendo. Vorrei spingermi contro, ondulare, ma non riesco a muovermi.

«Pol» ripete.

Sembra stia aspettando la mia risposta, quindi riesco a dire: «Abbandonarmi significa che avrò un orgasmo.»

«No, significa lasciarmi il controllo. Rilassarti completamente nelle mie braccia. Che mi consegni il tuo corpo.»

«E tu ne avrai cura?»

Lui ridacchia e poi mi morde il lobo dell'orecchio, tirandolo un po'. «Sì, prometto di prendermi buona cura di te.»

«Okay» dico piano. «Mi fido di te, Oscar.»

Mi volta la faccia verso di sé con una mano sulla guancia e mi bacia. «Grazie, per me è un dono.»

Sorrido. «Oh, avevo voglia di regalarti qualcosa.»

Mi accarezza il labbro inferiore con il pollice, per farmi voltare e rilassarmi tra le sue braccia. E lo faccio. La mano scende tra le mie gambe e le dita tracciano lenti, stuzzicanti cerchi. Ho il fiato corto. È completamente diverso avere un'altra persona che ti tocca. Non so che cosa farà, non posso anticipare i movimenti. Chiudo gli occhi, lasciando che il piacere mi sommerga, sciogliendomi contro di lui.

«Sì, bella» sussurra Oscar.

Sorrido al complimento. Ne ho ricevuti talmente pochi nella mia vita. Voglio dargli piacere e lui lo vuole dare a me. La perfezione. Galleggio in una nebbia di piacere, circondata dal suo calore e dal suo odore sexy. Scivolo da una lenta beatitudine a una forte intensità in modo così graduale che quasi non lo noto finché, di colpo, sono al limite di un orgasmo pulsante e i miei fianchi si arcuano.

Oscar rallenta, stuzzicandomi di nuovo con carezze dolci e lenti cerchi, facendomi uscire di testa.

Stringo il lenzuolo tra le mani

«Abbandonati» mi ordina, togliendomi le mani dal lenzuolo. «Altrimenti ricominceremo tutto da capo.»

Oh mio Dio. Quest'uomo è il demonio. Ero così vicina.

Oscar mi mordicchia il lato del collo facendomi ansimare. Ha le mani dappertutto, eccetto dove ne ho più bisogno. Gli afferro la mano, voglio spingerla di nuovo al suo posto, ma poi mi rendo conto che non sarebbe abbandonarmi a lui. Invece gli bacio il palmo e mi rilasso, appoggiandomi.

«Bella» mi sussurra all'orecchio, spingendo le dita tra le mie gambe.

Gemo piano mentre mi porta verso il limite e poi si tira indietro. Alzo ripetutamente i fianchi, cercando di più, cercando disperatamente quell'orgasmo che è lì, appena fuori dalla mia portata. Oscar mi tiene bloccati i fianchi con la mano libera e mi strofina forte. Tremo, il fiato arriva in corti sbuffi, dentro di me tutto si sta caricando come una molla. Lui gioca con me, tirando in lungo, facendomi rabbrividire e ansimare e gemere. E poi tutto si oscura, il mondo si restringe al suo tocco che mi consuma in un piacere ardente. Mormoro e gemo in modo incoerente. La sua voce profonda mi parla nella mia lingua natia, dicendomi di abbandonarmi. L'orgasmo mi travolge, un'esplosione di piacere che mi squassa, mi strappa un urlo dalla gola.

Oscar addolcisce il suo tocco, mormorando. «Molto bene.»

Sono euforica. È stato un orgasmo fantastico, molto migliore di quelli che mi sono procurata da sola e voglio di più.

Mi volto e lo bacio. «Grazie. Era allo stesso livello dei miei sforzi.»

«Allo stesso livello?» mi fa eco incredulo. «Hai urlato.»

Mi sforzo di restare impassibile. «Ho anni di pratica alle spalle.»

Mi guarda stringendo gli occhi e il mio polso accelera. Mi lecco le labbra, senza sapere come fare per chiedergli di rifarlo, ma con la bocca; poi decido di buttarmi. «Non è stato proprio *magico*, però. Alice dice… ah!»

Mi ha sollevato e stesa sul materasso con un solo movimento veloce. Si sta inginocchiando tra le mie gambe, lo sguardo fisso sul mio sesso mentre mi allarga le gambe. Mi si ferma il fiato in gola.

«Allo stesso livello» brontola prima di abbassare la testa e darmi una lunga leccata.

«Oh!» È molto più intenso di quanto mi aspettassi.

E poi si tira le mie gambe sopra le spalle, allargandomi di più e si tuffa con la bocca famelica. Mi arcuo sul letto, sopraffatta. Oscar mi afferra un fianco con la mano, tenendomi ferma e l'intensità raggiunge tutto un altro livello. Sono catturata, la sua bocca mi sta divorando. E poi le sue dita entrano in azione, accarezzandomi tutto intorno alla mia apertura. Oh Dio. È troppo. Gli infilo le mani tra i capelli, afferrandoli, lo guardo tra le mie gambe e tutto il mio corpo sobbalza di colpo e poi rabbrividisce quando l'orgasmo mi colpisce forte. Il piacere si irradia verso l'alto e giù lungo le gambe. Un'ondata di piacere per tutto il corpo come non ho mai provato in vita mia.

Allargo le braccia, chiudendo gli occhi. «Oscar, oh mio Dio.»

«Ancora» mi ordina.

Spalanco gli occhi e vedo i suoi occhi che brillano demoniaci. «Stai scherzando?»

«Ti devo dimostrare quanto è meglio con me che da sola.»

«Oh, è così! Ti stavo prendendo in giro…»

«Io no.»

E riprende la sua tortura sensuale, trattandomi gentilmente con baci lievi e leccatine. Mi arrendo al piacere, galleggiando di nuovo in una nebbia di euforia. Il tempo cessa di esistere. Non c'è altro che calore, piacere, il sobbalzo occasionale quando diventa più aggressivo e poi diventa di nuovo dolce. Il mio corpo gli appartiene e lui lo usa con perizia, e mi piace.

E poi chiude la bocca su di me, succhiando forte. Ansimo. Fuoco. Sto andando a fuoco. Vengo di nuovo, inarcandomi sotto di lui. Oscar mi ferma con le sue mani grandi, guidandomi in un'ondata dopo l'altra di piacere che mi toglie il fiato finché crollo, affondando nel materasso.

Non riesco a parlare, riesco a malapena a tirare il fiato. Sento una pulsazione tra le gambe. Mi ha *rovinato* per tutti gli altri uomini. Vorrò sempre lui, vorrò sempre *questo*.

Oscar striscia sopra il mio corpo e mi scosta i capelli sudati dal volto. Ha lo sguardo tenero e poi sorride e mi arriva fino in fondo al cuore, avvolgendolo. «Oscar.» È tutto quello che riesco a dire con il groppo che ho in gola.

Lui mi prende il volto in una mano. «Sei magnifica.»

Lo abbraccio stretto. «Tu. Tu sei magnifico.»

Oscar bacia il punto sensibile sotto l'orecchio e la barba corta mi gratta la pelle in modo delizioso. «Sono così eccitato. Probabilmente dovresti andartene, per preservare la verginità.» Riesco a sentire la sua erezione sotto i pantaloni del pigiama, che mi preme contro.

«No. Voglio restituirti il favore. Sai, con la bocca.»

Lui si sposta per guardarmi negli occhi, rivolgendomi un lento sorriso sexy. «Sì? Ti insegnerò io.» Mi mette le dita in bocca e io succhio, sentendo il mio stesso sapore, una sensazione stranamente erotica. «Sì, così» dice con la voce gracchiante.

Gli spingo le spalle e lui rotola sulla schiena accanto a me.

Voglio dargli il tipo di piacere che ha regalato a me e gli abbasso i pantaloni. Lui alza i fianchi, aiutandomi a spogliarlo. La sua erezione è molto più grande di quanto avessi immaginato. Esito, fissandolo. Nella mia mente lampeggia il pensiero di averlo dentro di me e mi sembra una cosa impossibile.

Oscar mi preme un dito sotto il mento, alzandomi il volto verso di lui. «Non sei obbligata a farlo.»

Avevo fatto un piano, e mi ci voglio attenere. «Voglio darti piacere come hai fatto tu con me.»

Lui borbotta qualche breve istruzione, avvertendomi di stare attenta ai denti e poi dice. «Vai!»

E quindi mi butto, passando la lingua su tutta la sua lunghezza e intorno alla punta, assaggiandolo. Non faceva parte delle istruzioni, ma sto esplorando. Oscar mi afferra i capelli, tenendoli stretti. Lo afferro alla base e lo prendo in bocca più che posso. Lui geme a lungo, e prendo confidenza. Continuo a un ritmo costante, alzando gli occhi per controllare la sua espressione.

Lui ha gli occhi fissi sui miei, con un'espressione tesa. Qualche momento dopo, ruota gli occhi all'indietro prima di chiuderli.

Il suo respiro accelera, e il petto sale e scende in fretta. È impressionante il potere che ho su di lui. Sembra completamente ammaliato, completamente alla mia mercé.

Qualche minuto dopo, i suoi fianchi sobbalzano e Oscar stringe più forte il pugno sui miei capelli, tirandomi indietro. «Pol» dice, quasi come fosse un avvertimento.

Alzo la testa. «Abbandonati» gli ordino.

Lui fa un suono soffocato, allunga la mano e finisce masturbandosi prima che io possa fare qualcosa. Osservo, affascinata, mentre sussulta con il suo orgasmo. E poi sorrido. Pur inesperta come sono, l'ho fatto arrivare in fretta a questo punto.

«Sono brava» dico.

Oscar emette un suono a metà tra un gemito e un grugnito prima di pulirsi.

«Immagino che avrei dovuto ingoiarlo, giusto?»

«Pol» dice con la voce roca e mi tira sopra di lui.

Afferro le coperte e le tiro sopra entrambi, insonnolita, nel calore del nostro bozzolo.

Vorrei restare qui per sempre.

11
____

Oscar

So che sto giocando con il fuoco ma non riesco a tenere le mani lontane da Polly. Ha passato le ultime due settimane nel mio letto, venendo di nascosto nella mia stanza ogni notte e tornando nel suo letto al mattino presto, prima che qualcuno possa accorgersene. Tecnicamente è ancora vergine. Non voglio rovinare la sua chance di diventare regina. È appassionata, però e non riesco a non pensare che provi qualcosa per me. È nei suoi occhi, nella sua voce, nel modo in cui mi tocca. Mi abbraccia, moltissimo. Sinceramente, queste sono state le due settimane più felici della mia vita e non riesco a immaginare come una cosa che sembra così giusta possa essere sbagliata. Mi uccide pensare di doverla lasciar andare, guardarla andare a sposare un altro, cosa ancora possibile.

Sfortunatamente, c'è un problema con i confini del mio vigneto e stiamo aspettando un agrimensore che vada a controllare e registri i documenti. Non ho ancora i fondi per pagare il debito dei suoi genitori e Charles continua a chiamarmi, chiedendo la sua parte e minacciando di rivelare tutto. Polly e io stiamo esaurendo il tempo a nostra disposizione. Una volta che Anna avrà avuto la bambina, Polly dovrà tornare a casa.

È la prima domenica di agosto, nel calore del pomeriggio e

siamo tutti all'inaugurazione dell'Island Bliss Spa. La nuova destinazione per rilassarsi a Villroy. C'è la stampa, insieme a una folla numerosa, più che altro donne attirate da mio cognato, la rockstar Jackson Walker, che suonerà le sue ultime canzoni con sua moglie, mia sorella Emma. Abbiamo già fatto i discorsi e le fotografie. Ora ci stiamo solo mescolando agli ospiti e godendoci la musica.

Tengo sempre d'occhio Polly, anche se manteniamo le distanze a un evento così pubblico. Non voglio che la stampa o Marge ci notino. Lei resta appiccicata ad Anna che sta salutando entusiasticamente le amiche che sono arrivate da casa sua, le clienti più ricche del salone di bellezza che sono venute per provare tutti i servizi che offre la spa. Anna sembra sul punto di partorire da un momento all'altro e Gabriel non la lascia mai, deciso a che abbia la bambina in un ospedale a Parigi con il medico che ha riservato per sovraintendere all'evento.

Polly risplende. Intendo dire, ha sempre irradiato vitalità ed energia, ma c'è una luminosità diversa in lei e ha una postura più rilassata. Non posso fare a meno di pensare che sia grazie al tempo che passiamo insieme. O forse vedo solo quello che voglio vedere.

Sono innamorato di lei, non posso più negarlo. È stato istantaneo, amore al primo sguardo e più tempo passo con lei più il sentimento diventa profondo. È la cosa più stupida che abbia mai fatto in vita mia, innamorarmi di una principessa destinata a diventare regina con un altro uomo, eppure non mi è mai sembrato di avere scelta. È arrivata ed è bastato. Sono cascato come una pera cotta. Completamente. Per me non ci sarà mai un'altra come lei.

Voglio sposarla, ma c'è ancora la minaccia di Peter tra di noi. Potrebbe rovinare la sua famiglia se lei non rispettasse i loro accordi. Una parte di me vorrebbe sposarla e tenerla al sicuro qui a Villroy, ma non posso chiederle di rinunciare alla corona per me. E non voglio nemmeno rinunciare a Villroy. Sto costruendo qualcosa di importante con Adrian, proprio qui. Il casinò sarà il nostro contributo al regno. Senza di me, nemmeno lui potrà fare qualcosa. Non so che cosa fare. Tutto ciò che so è che Polly non può sposare Peter.

Ho la sensazione che qualcuno mi stia fissando e colgo lo sguardo di Marge, la dama di compagnia e chaperon di Polly, che si è rimessa dalla sua malattia. Sembra scontenta. Distolgo lo sguardo e cerco Lucas, Adrian e Alice, rendendomi conto di colpo che non sono più accanto a me. Mi guardo intorno e li trovo accanto al lotto di terreno dove sorgerà il casinò. Mi faccio strada tra la folla per raggiungerli, con una guardia che mi segue.

«Ehi, Oscar» mi dice Lucas. «Hai finito di sognare a occhi aperti?» È di buon umore dopo aver incontrato i genitori di Alice nell'Oregon e aver ricevuto la loro benedizione per il matrimonio. Avrà luogo qui nella cappella del palazzo, in primavera.

«Stai zitto» dico, ma senza scaldarmi. *Stavo* sognando a occhi aperti. Più che altro stavo pensando ossessivamente a Polly e a che cosa fare con lei.

«Dagli tregua» dice Adrian. «Quando l'ha colpito, il fulmine gli ha bruciato le ultime cellule cerebrali.»

Sogghignano. Non mi interessa. Amo una donna che non posso tenere per me ed è tutto ciò a cui riesco a pensare.

Alice si rianima. «Che cosa mi sono persa?»

Non ho parlato a nessuno delle mie notti con Polly, ma i miei fratelli sanno che ho accettato di vendere il vigneto e farla socia del casinò. Non sono stupidi e sono sicuro che mi si legga in faccia ogni volta che lei entra in una stanza. Il casinò non è ancora una certezza, almeno finché non arriveranno i fondi, ma stiamo comunque facendo le ricerche per decidere che cosa vogliamo esattamente prima di contattare qualche architetto e farci fare dei preventivi per il progetto. So che i fondi arriveranno. Solo non so se sarò in tempo per aiutare Polly. Non posso lasciarla andare a casa dove sarà obbligata a sposarsi. Deve restare qui finché potrò sistemare le cose.

Lucas sussurra qualcosa ad Alice, mettendola al corrente.

Alice sorride e si avvicina a me, sussurrando. «Che gran

gesto, Oscar. Così romantico.» È un'autrice di romance, quindi è nelle sue corde.

Grugnisco. Non stavo cercando di fare un gesto romantico vendendo il vigneto. Stavo soccorrendo Polly e non lo rimpiango. Vorrei solo che potessimo avere il tipo di amore che vedo intorno a me: Lucas e Alice, Gabriel e Anna, Emma e Jackson. Anche mio fratello Phillip, con la sua fidanzata, Ruby, ovunque siano in questo momento. Anche il matrimonio combinato dei miei genitori si è trasformato in un grande amore. Solo non è il tipo di amore che posso tenere.

Alice continua. «Polly ha annullato la cosa con quell'uomo, a casa sua?»

Stringo i denti. «Lo farà, presto.»

«Oh, bene. Sembrava così rassegnata.»

Esteriormente rassegnata. Dentro di sé stava ribollendo. Ha mantenuto il segreto, cercando di proteggere la sua famiglia. Grazie al cielo si è confidata con me.

«Tu e Polly siete…» Alice smette di parlare, la domanda resta sospesa nell'aria.

Mi volto automaticamente verso Polly. Perché è così difficile? Io voglio stare con lei. Dovrei poter stare con lei. Posso tenerla al sicuro qui a palazzo, a Villroy, mentre aspettiamo che arrivino in fondi per liberarci di Peter e Charles.

Vado verso Polly e le mie gambe lunghe divorano la distanza tra di noi.

«Oscar?» chiede quando mi fermo davanti a lei. Dà un'occhiata alla sua dama di compagnia nonché chaperon, poi torna a guardarmi. Non mi importa di Marge. Mi importa di lei.

«Devi restare qui.»

Lei mima con la bocca *Non farlo*.

«È l'unica cosa sensata.» Sono stanco di restarmene in disparte, sperando che le cose vadano a posto da sole.

Marge si intromette, con una voce decisa. «Non so perché lei creda di poter dire la sua, principe Oscar, ma la principessa Mary sa qual è il suo dovere.» *Mary*. Lei preferisce Polly. Perfino quelli più vicino a lei non rispettano i suoi desideri. «Dobbiamo tornare a casa dopo la nascita. Ci sarà un breve corteggiamento prima del fidanzamento ufficiale con Peter. È un magnate e porterà prosperità a Beaumont come re.»

Polly stringe le labbra. «È un'alleanza non molto diversa da quella che avviene in molte altre monarchie.»

Fisso Polly, con un filo di inquietudine. Sta facendo la scena a beneficio di Marge oppure si è rassegnata al suo destino, non credendo che riuscirò a risolvere in tempo il problema?

«Polly» la chiama Gabriel a voce alta, con un'espressione tetra. «È ora.»

Polly spalanca gli occhi. «Vuoi dire la bambina?»

«Sì, la bambina» scatta Gabriel. «Andiamo.»

Guardo Polly che corre via per raggiunger Gabriel e Anna che ha la mano appoggiata al pancione e sta respirando a fondo. Sembra che il nostro tempo sia scaduto.

～

Polly

È una bella bambina! Una preziosa, sana bambina. Anna sembra stanca ma felice, ha le guance rosa che brillano. Mi si riempiono gli occhi di lacrime quando mi allontano dal letto d'ospedale per far posto a Gabriel, che tiene in braccio sua figlia avvolta in una coperta. Adesso dorme, dopo aver strillato mentre il medico la esaminava. Passa la bambina ad Anna che la prende in braccio e la guarda sorridendo. Gabriel accarezza i capelli di Anna prima di baciare la piccola e poi lei sulla tempia.

Mi asciugo una lacrima che mi è sfuggita. È stata una prova *intensa*. Quindici ore di travaglio con Gabriel che alternava ordini aspri al medico e all'infermiera (e a me) e camminava avanti e indietro nella stanza, ribollendo dentro e condividendo in silenzio il dolore di Anna. Io sono rimasta al fianco di Anna, dandole pezzetti di ghiaccio, tenendole la mano e facendole forza. Ammetto di non essere stata in grado di guardarla mentre spingeva. Temevo mi venisse la nausea o che sarei svenuta a quella visione cruenta, quindi mi sono concentrata sul suo viso. Gabriel ha dimostrato il suo valore quando è stato finalmente ora per lei di spingere, sostenendola con parole dolci e lodi. Penso si sentisse impotente prima, mentre le contrazioni la squassavano. Non c'era niente da fare se non sopportarle.

«Polly, grazie per essere stata qui» dice Anna.

Mi infilo nello stretto spazio dall'altra parte del letto e le stringo la spalla. Ho le mani un po' doloranti da quando me le ha strette fortissimo quando arrivavano le contrazioni. Alternavo le mani per minimizzare il danno, quindi adesso sono indolenzite entrambe. «È stato un onore. Avete deciso il nome?»

Lei sorride e scambia un'occhiata con Gabriel prima di rivolgersi a me. «Sei la prima a saperlo. Si chiamerà Mila, che significa industriosa, laboriosa.»

«Mila» ripeto. «Un bel nome.»

Anna fissa la sua bambina. «Volevo un nome che cominciasse con la M, per il mio padre affidatario, Mike e mia cugina, Mary.» Quella sono io. Anna mi guarda con i suoi dolci occhi castani. «La mia famiglia.»

Soffoco un singulto e mi premo la mano sulla bocca. Non riesco a credere che abbia chiamato la sua primogenita in mio onore. Abbasso la mano. «Sono così felice di aver potuto essere qui per la sua nascita. Grazie, Anna, per avermi incluso e per averla chiamata così in onore di Mike e mio. Sono commossa.»

Anna mi afferra la mano e la bacia. «Oh, povera cara. Hai i lividi sulla mano. Sono stata così orribile?»

«Sei stata meravigliosa» dico decisa. «Sono impressionata. Hai posto l'asticella veramente in alto. Posso solo sperare di essere altrettanto forte e coraggiosa.»

«Sì, grazie Polly» dice Gabriel. «È stato un bene avere te come sostegno. So che… mi sono scaldato un po'.»

«Scaldato un po'?» esclama Anna. «Hai quasi buttato fuori dalla stanza l'infermiera perché non mi aveva portato i pezzetti di ghiaccio abbastanza in fretta!»

Gabriel gonfia il petto. «Sì, beh, tocca a me assicurarmi del tuo benessere e controllare che anche gli altri lo facciano.» Guarda sua figlia e si scioglie visibilmente, la sua espressione si addolcisce. Accarezza la manina e lei afferra il suo dito. «È la prima erede femmina in più di cent'anni. Sono curioso di sapere che cosa porterà al regno come regina.»

«Sarà magnifica» proclama Anna. «Il meglio di te e me. Forte, fiera e impavida.»

Mi si stringe la gola. Una figlia da cui ci si aspetta che sia una condottiera. Il contrasto tra ciò che si aspettano dalla nuova erede e me non potrebbe essere maggiore.

Gabriel si china verso Anna e tutti e tre formano un bel quadretto. Ho il cuore pieno di malinconia. Non solo perché vorrei che la mia leadership fosse apprezzata come sarà quella di Mila. Anelo all'amore che è una cosa viva, che respira, tra di loro.

Voglio l'amore nella mia vita per tutto il tempo in cui posso averlo. Voglio Oscar.

❡

Oscar

Mia nipote, Mila Alexandra Rourke, è nata stamattina e Gabriel e Anna passeranno la notte in ospedale, prima di tornare a casa. Il secondo nome della bambina è quello di mia madre, in onore della nonna che stravede per lei. Polly dice che tornerà a Villroy questa sera. Spero sia perché le sono mancato quanto lei è mancata a me.

Non tento nemmeno di andare a letto. Resto seduto accanto alla finestra ad aspettarla. Appena dopo mezzanotte mi manda un messaggio dicendo che sta arrivando.

Apro la porta della stanza appena sento bussare piano. Lei ha la sua solita vestaglia di seta bianca, lunga, sopra una camicia da notte, un completo modesto che di solito le tolgo appena entra. Ma questa notte i suoi grandi occhi castani sono pieni di lacrime.

La prendo per mano, tirandola nella stanza e chiudo a chiave la porta alle sue spalle. «Che c'è?»

Lei torna al suo francese natio, come fa quando è sopraffatta. «Ha chiamato la bambina in onore di Mike e mio. La *M* di Mila è per Mike e Mary. Sarò la sua madrina.»

«È una buona cosa. Un onore.» L'abbraccio e lei mi mette le braccia intorno alla vita, premendo la guancia sul mio torace nudo. Mi rilasso, completamente. Il suo corpo si adatta perfettamente al mio. Niente è mai sembrato così giusto.

Le bacio la testa. «Spero che Mila avrà un po' del tuo spirito.»

Polly alza la testa. «Sarà molto migliore di me. I suoi genitori si aspettano grandi cose da lei. I miei si aspettano solo che la smetta di essere così testarda, impulsiva e scorretta.»

«Non sei per niente scorretta.» Anche se, in effetti, è discutibile che venire nella mia stanza nel cuore della notte sia corretto. Non mi interessa. Tutte queste sue caratteristiche sono parte di ciò che la rende vibrante. Inoltre se non fosse stata così, probabilmente non ci saremmo mai conosciuti, perché non sarebbe mai scappata negli USA, che è dove ha incontrato Anna.

«Allora che cosa ci faccio qui con te?» mi chiede.

Cerco di assumere un tono leggero perché so che solo pensare a che cosa l'aspetta a casa mi fa infuriare. Beaumont non la merita. «Non puoi resistermi. Ovviamente.» La prendo in braccio e la porto sul letto.

«Oscar?»

«Sì?»

«Voglio che sia tu il mio primo.»

Quasi la lascio cadere. L'appoggio delicatamente sul materasso. Deve restare vergine fino al matrimonio. È la legge nel suo regno. Si è attenuta a quella norma e io ho rispettato la sua decisione.

Polly si siede e si toglie la vestaglia. «Io scelgo te.» Tira indietro le coperte e mi guarda ansiosa.

Se supererò questo limite, lei non potrà più sposarsi nel suo regno e questo significa che non potrà diventare regina. Sceglierebbe di farlo solo con l'uomo che intende sposare. Me. È il modo in cui è stata allevata. Questo significa che sta scegliendo di restare con me qui a Villroy. Sarà mia per sempre.

Ma rinuncerebbe al suo regno.

Perché lo farebbe, se non perché mi ama? Dev'essere il suo

grande gesto per me. Io ho rinunciato al mio vigneto, lei sta rinunciando alla corona. Non è proprio la stessa cosa, ma forse l'amore è così. Doni, senza pensare a mantenere l'equilibrio tra il dare e l'avere. La sua famiglia non l'accetterà perché non ha aderito ai loro dettami, ma avrà un posto qui, a lavorare e vivere con me. E ha anche una parte di famiglia qui, con Anna e ora Mila. È una soluzione allettante per tutti i nostri problemi.

Mi spoglio e la raggiungo a letto, tirandola giù accanto a me, fianco a fianco. Le infilo una ciocca di capelli dietro l'orecchio prima di metterle la mano sulla guancia, e lei si appoggia, godendo del contatto. «Sei sicura, Pol?»

Lei infila le dita tra capelli sulla mia nuca e mi guarda diritto negli occhi. «Sono sicura. Devi essere tu.»

Sento l'euforia che mi pervade, il polso che accelera, tutto in me si sveglia. Non ci sono parole che possano rendere l'incredibile felicità che sto provando, quindi non tento nemmeno. Rotolo sopra di lei, baciandola con tutto l'amore che provo e lei restituisce ogni bacio con passione, con le mani che mi percorrono la schiena e poi mi afferrano il sedere, tirandomi vicino. Il desiderio bollente che ho tenuto a freno notte dopo notte finalmente potrà sfogarsi.

Mi sposto e la sollevo prima di toglierle la camicia da notte. I lunghi capelli ricci ricadono sulle spalle nude, la sua pelle splende di salute e i capezzoli si contraggono sotto il mio sguardo. Voglio imprimermi nella mente questo momento. Le tolgo le mutandine, ammirandola di nuovo come se la vedessi per la prima volta. E poi mi rendo conto che questa è la sua prima volta e devo andare piano.

Lei allarga le gambe e mi fa segno di avvicinarmi con un dito, e un sorriso sexy.

Il mio sesso pulsa. La copro, baciando le sue labbra sorridenti e soffermandomi lì per un bacio più profondo, prima di scendere a inondare di baci la gola, le clavicole e le spalle. Le sue dolci spalle, così morbide che devo dare un piccolo morso prima di abbassarmi e prodigare le mie attenzioni al seno. Lei geme piano, tenendomi stretto. È diverso ora, urgente, sì, ma anche riverente e tenero. È così che mi sento accettando il suo incredibile dono. I suoi fianchi si muovono impazienti sotto di me e infilo una mano tra di noi per allentare la pressione che prova mentre prendo in bocca un capezzolo. Lei si arcua contro la mia mano, calda, bagnata e vogliosa.

Mi sposto più in basso, lasciando una scia di baci fino al suo stomaco piatto. Lei freme sotto di me, in attesa e non la deludo, scivolando ancora più in basso per leccarla. Lei geme forte, quindi le do ciò di cui ha bisogno. Ciò di cui ho bisogno anch'io. Ho bisogno di vederla esplodere, ho bisogno di assaporare il suo desiderio e farla uscire di testa. Lei si arcua e io le blocco i fianchi, e questo la fa impazzire. Diventa sempre più frenetica, il suo corpo vibra, e ripete il mio nome in una cantilena. Ha conosciuto solo me, e ci sarà sempre il mio nome sulle sue labbra. Mi piace. Adoro lei. Si irrigidisce e la mando oltre il precipizio, lasciando che continui a muoversi, e dalle sue labbra esce un suono lamentoso. Finalmente si affloscia.

«Mmm» mormora, con un enorme sorriso sul volto.

«Mmm è giusto.» La faccio rotolare sullo stomaco. Lei resta lì, senza chiedere il perché. Si è sempre fidata di me, fin dalla prima notte. Le sposto i capelli di lato e affondo i denti nella sua nuca.

Lei sibila.

Le passo la mano sulla spina dorsale, accarezzando il suo sedere rotondo prima di allargarle le gambe.

«Oscar, voglio guardarti in faccia la nostra prima volta.»

Le bacio il collo. «Così sarà.» E poi la bacio e mordicchio tutto questo lato di lei. Ogni suo centimetro è mio. Lei geme piano con la faccia affondata nel cuscino.

Finalmente la giro e la copro, sostenendo il mio peso sugli avambracci. «Sei pronta?»

Lei mi tiene la testa tra le mani. «Sono più che pronta. È tutta la vita che ti aspetto.»

Sento gli occhi che bruciano. «È quello che provo anch'io.»

«Ora voglio unirmi a te.»

Ricordo il profilattico, quasi fuori tempo massimo, e mi sposto per prenderlo dal comodino. Ritorno al suo calore e la bacio teneramente. Non sono mai stato con una vergine prima d'ora. Mi avvicino. *Lentamente. Lentamente.* È calore stretto e vellutato.

Polly mi infila le unghie nelle spalle. «Fallo e basta.»

La bacio. «Sto andando piano per il tuo bene.»

«Voglio che faccia in fretta.»

Chiudo gli occhi, attingendo a ogni grammo di forza di volontà che possiedo. Lei non sa che cosa sta chiedendo e l'ultima cosa che voglio è farle male. La bacio, entrando lentamente e poi la sento, la barriera tra di noi. Ha ragione. Una spinta veloce sarà più facile per lei. Le strofino il naso sul collo e poi affondo i denti sul tendine del collo, distraendola con il morso mentre mi spingo completamente in lei.

Lei grida.

Sollevo la testa. «Stai bene?»

Lei annuisce, ma non mi sembra stia bene. La sua espressione è tesa, le labbra strette come se stesse cercando di sopportare il dolore.

Resto immobile, sprofondato dentro di lei e sposto la testa accanto al suo orecchio. «Migliorerà, te lo prometto.»

Lei mi dà un colpetto sulla spalla, annuendo, ancora insolitamente silenziosa.

Mi sposto a sufficienza per infilare le dita tra di noi e la strofino. Lei si arcua contro di me con un gemito. *Sì!* La bacio e mi muovo lentamente allo stesso tempo, tenendole la faccia con una mano. Sento il momento in cui si rilassa e ne approfitto in pieno, aumentando il ritmo. Vorrei molto di più, ma mi trattengo, e aspetto, aspetto, aspetto.

La fisso negli occhi, i nostri respiri si mischiano mentre siamo uniti e di colpo non c'è altro che questo legame primordiale. Non ho mai saputo finora che cosa volesse dire fare l'amore. Le sollevo i fianchi per ottenere una miglior angolazione e poi trovo proprio il punto giusto.

«Oh, oh, oh!» esclama Polly, infilandomi le unghie nel sedere. «Oscar.»

«Lasciati andare» le dico in francese. Lei non si accorge quando cambio lingua, ma qualcosa dentro di lei reagisce. Esplode in un orgasmo, con il suo corpo che mi stringe ritmicamente e perdo il controllo anch'io, spingendomi forte, correndo verso il mio orgasmo. Arriva di colpo, un'esplosione di piacere mentre sono sprofondato dentro di lei, appena conscio dei suoi lievi gemiti. Sono svuotato.

Polly mi abbraccia stretto e sulle mie labbra nasce un sorriso. Le bacio il lato del collo e chiudo gli occhi, abbandonandomi al suo amore.

12

———

Polly

Mi rannicchio più vicino al calore del corpo nudo di Oscar. È appena prima dell'alba e lui sta dormendo profondamente. Gli ho dato liberamente la mia verginità la scorsa notte, un'espressione del mio amore. So che è stata la scelta giusta. Posso anche mentire a me stessa su cosa significa tutto questo, ma mi sento troppo bene qui con lui per non essere felice.

Ho fatto la mia scelta. Niente rimpianti. Oscar è giusto per me, protettivo e tenero. Ha perfino cambiato le lenzuola mentre mi pulivo in bagno ieri notte, in modo che i domestici non notassero la testimonianza della mia verginità. Sono importante per lui, come lui lo è per me.

Non sono pronta a rientrare di nascosto nella mia stanza. Tolgo le coperte per svegliarlo e poi metto una gamba e un braccio sopra di lui, che dorme sdraiato sulla schiena.

Gli sussurro all'orecchio. «Voglio provare a fare sesso quando non c'è di mezzo la barriera della verginità.»

Nessuna risposta.

Gli salgo sopra e gli bacio la mandibola ruvida, il collo e finalmente le labbra.

Lui mi abbraccia. «Pol.»

«Ancora una volta prima che debba andare.»

Lui mi passa la mano sulla schiena fino ad afferrarmi il

sedere. «Sarai indolenzita. Marge si chiederà perché cammini in modo strano.»

Io rido. «Ti sembro diversa?»

Lui mi scosta i capelli dalla faccia e mi tiene la testa, esaminandomi. «Beh, quella grande V sulla fronte è svanita.»

«Ah-ah, sono seria. Si capisce?»

La sua espressione diventa tenera e mi bacia. «Hai avuto un aspetto rilassato e felice da quando hai cominciato a farmi visita di notte. Merito del mio tocco magico.»

«Sono rilassata e felice con te. Ora fai l'amore con me e non andare così piano questa volta.»

Le sue labbra si curvano in un sorriso. «E solo per questo ti torturerò e andrò ancora più adagio.»

Sorrido e lo bacio. Questa volta sono più vogliosa, più aggressiva e lui reagisce allo stesso modo. Niente tortura sensuale. I suoi baci diventano esigenti e carnali mentre mi fa rotolare sotto di lui con le mani che percorrono il mio corpo, sicure e dominatrici. Questo è lui nel suo naturale stato aggressivo e mi piace che si lasci andare con me. Si scosta solo a sufficienza per prendere un profilattico e poi torna, e mi penetra in profondità. Mi toglie il fiato. Arcuo i fianchi mentre il mio corpo si dilata per riceverlo. Sono un po' indolenzita ma poi lui comincia a muoversi. L'angolazione è perfetta e torno in fretta nella mia nuvola di piacere.

Oscar solleva la testa, tenendomi il volto con la sua mano grande e accarezzandomi il punto sensibile sotto l'orecchio con il pollice, gli occhi acquamarina fissi nei miei. Si ferma, in profondità dentro di me. «Resterai qui con me a Villroy.»

Non so che cosa dire. Prenderò in considerazione la possibilità di restare, ma una parte di me vuole ancora ciò che è mio per diritto di nascita. Spero che Oscar possa farne parte. Solo ancora non so come.

Lui sospira, infila una mano tra di noi e mi strofina rapidamente. Il mio cervello si spegne mentre lui continua a spingere dentro di me, portandomi sempre più in alto. Sto respirando affannosamente e sono così vicina. Oh Dio.

«Con me» mi ordina.

Mi manca il fiato davanti all'intensità del suo sguardo. E

poi mi rendo conto che ho già preso la mia decisione. «Sì sto con te.»

Non so che cosa faccia, qualcosa di diabolico con le dita e una forte spinta e poi esplodo, il mio corpo è squassato da un orgasmo che mi fa rabbrividire. Oscar sbatte forte dentro di me, portandomi insieme a lui per una cavalcata di dolce, stordente piacere.

Lascio il suo letto poco dopo, sapendo che devo tornare nella mia stanza senza farmi scoprire. L'indolenzimento resterà con me per tutto il giorno, ricordandomi il nostro tempo speciale insieme. Ora devo solo elaborare una strategia per avere l'uomo che voglio e il regno che merito.

Più tardi quella mattina, sono appena uscita dalla doccia, con un asciugamano intorno alla testa e un pesante accappatoio, quando sento bussare. Probabilmente è Lina venuta a vedere che cosa voglio per colazione.

«Avanti.»

Entra Marge. «Hai dormito fino a tardi. Pensavo che fossi già vestita a quest'ora.»

Alzo una spalla. Ho corso dalla stanza di Oscar nell'ala ovest fino alla mia nell'ala est e mi sono ficcata immediatamente sotto la doccia. Questa mattina ho veramente rischiato grosso. Non dovrò più nascondermi una volta elaborato un buon piano per tenere Oscar nella mia vita. Prima di tutto devo guadagnare un po' di tempo per prolungare il mio soggiorno qui.

Marge stringe le labbra. «C'è un avviso di uragano di categoria 4 per Beaumont.»

Corro con la mente a ciò che significa. La categoria 4 è devastante. Venti a più di 160 km l'ora, piogge torrenziali, inondazioni, mancanza di energia elettrica. Siamo stati fortunati a non averne uno simile negli ultimi decenni. «Quanto ne sono sicuri?»

Marge scuote la testa. «Quanto è possibile esserlo con il tempo. Dovremo tenerlo d'occhio.»

«Stanno evacuando le isole?»

«No. È alta stagione e c'è un mucchio di gente. Aspetteranno.»

Occorre sempre mantenere l'equilibrio con il turismo, vitale per la nostra economia, ma la sicurezza deve essere al primo posto. «Non possono aspettare troppo o l'aeroporto chiuderà.»

Marge annuisce.

«Grazie per avermi informata, Marge. Terrò d'occhio la situazione.»

Lei mi fissa per un momento. «Se succederà il peggio, avranno bisogno della tua guida per far superare l'emergenza al regno e dare loro speranza. Sei sempre stata il simbolo di un futuro dorato per Beaumont.»

Faccio un respiro profondo. «Farò ciò che posso.»

«Devi fare il tuo dovere.»

«So qual è il mio posto.»

Marge si avvicina. «Davvero?»

«E questo che cosa vorrebbe dire?»

Lei abbassa la voce. «Ho visto come ti guarda. Ti osserva con l'amore negli occhi.»

Vado al mio armadio e prendo un vestito, rifiutandomi di commentare. Ciò che abbiamo Oscar e io è privato, non è un argomento di discussione.

«Polly, non puoi permettere a una bella faccia di farti girare la testa. Devi rimanere vigile e resistere.»

Mi volto di colpo. «Vorrei un po' di privacy adesso, per favore. Ci vedremo dabbasso per la colazione.»

«Voglio solo proteggerti. Non voglio che abbia rimpianti.»

Alzo la testa. «Non ne avrò.»

Se ne va, chiudendo piano la porta alle sue spalle. Mi vesto con movimenti nervosi. Non c'è niente da fare se non aspettare di sapere qualcosa su quest'uragano. Ma i miei genitori non sono in grado di affrontare un'emergenza simile e la ricostruzione. Se il disastro dovesse avvenire, dovrò tornare e assumere il comando, e questo significherà governare con Peter. Non voglio sposarlo, ma non so se avrò scelta. Il debito dei miei genitori esiste ancora. La minaccia di Peter per la monarchia potrebbe avere un impatto ancora maggiore se gli isolani si troveranno travolti da un disastro, senza soccorsi immediati. La gente si infuria se le viene tolto l'essenziale. Lui dà lavoro a metà dell'isola e potrebbe avere una grossa influenza. E non posso lasciare che tocchi a mio cugino governare, giovane e impreparato com'è. Beaumont dipende da me e non la deluderò nel momento del bisogno.

Incontro Lucas, Adrian e Oscar in salotto più tardi quel giorno per parlare del casinò. Marge sta meglio, ma fa ancora un pisolino il pomeriggio, lo considera essenziale per la sua salute. È il motivo per cui ci incontriamo a quest'ora. Lei non sa del mio posto nell'impresa. Lo rivelerò solo quando sarà in attività e comincerà a produrre profitti. Per allora, non ci sarà posto per domande e discussioni sulla sua utilità.

Siamo riuniti intorno a un lungo tavolo e stiamo finendo di discutere sull'altezza dell'edificio. Non vogliamo che sovrasti la day-spa ma vogliamo anche essere sicuri che ci sia posto per le salette da gioco private, aree pubbliche e un ristorante di lusso. Ci deve anche essere un posto sicuro per maneggiare il denaro. Non è possibile scavare un caveau, a causa del livello della falda acquifera. Concludiamo che due piani con una terrazza sul tetto sarà l'ideale. Anche la day-spa è a due piani.

Lucas prende un grappolo d'uva dalla grande ciotola in mezzo al tavolo. «Prossimo argomento: voglio incaricare un avvocato di redigere i documenti relativi alla proprietà e la spartizione dei profitti del casinò tra voi tre.» Si mette in bocca un acino d'uva.

«Non fa mai male avere un contratto» dice Adrian.

«Siamo una famiglia» dice Oscar. «È veramente necessario?»

«A me sta bene» mi inserisco io. «Avere un documento scritto è giusto anche per una famiglia.»

Gli occhi azzurro-verdi di Oscar mi fissano dolci dall'altra parte del tavolo e il mio stomaco fa una capriola, il calore mi invade il petto. Adesso vedo chiaramente l'amore nei suoi occhi. Da quanto tempo è lì? E ho anch'io la stessa espressione?

Lucas si schiarisce la voce. «Oscar, Polly, ho detto di aver chiesto un'offerta all'architetto che ha progettato la day-spa e, se siete d'accordo, vorrei fare lo stesso con altri architetti. Non vogliamo che gli stili siano in conflitto, ma non devono nemmeno necessariamente essere uguali. Potrebbero essere complementari.»

Ci dichiariamo tutti d'accordo.

«Io devo andare» dice Lucas. «Fatemi avere l'elenco di quello che ritenete ci debba necessariamente essere in un casinò e io lo passerò agli architetti.»

«Aspetta» gli dico. «Io potrei dover tornare a casa prima del previsto. C'è un avviso di uragano di categoria 4 diretto a Beaumont e, se toccherà terra lì, sarò necessaria a casa per prestare il mio aiuto durante l'emergenza. Potrebbe essere devastante. Non so se avremo l'energia elettrica o la possibilità di comunicare, quindi volevo che sapeste che potrei non essere in grado di fare la mia parte per un po'.»

«È terribile» dice Lucas. «Quando dovrebbe arrivare?»

«Le previsioni dicono che toccherà terra domenica.»

«Non dovresti andare a casa se è una zona disastrata» dice Oscar. «Non saresti al sicuro.»

Lo fisso negli occhi. «Aspetterò finché l'uragano sarà passato, ma poi dovrò andare. Un disastro richiederà qualcuno che coordini le forniture e la ricostruzione. Mio padre non è più in grado di svolgere quel compito.»

«Che cosa significa?» chiede Oscar. «Che prenderai il comando come regina? Con *lui*?» La sua voce cresce di volume alla fine della frase e nella stanza piomba il silenzio.

«Non è quello che voglio.»

Lucas si alza. «Adrian e io vi lasciamo la vostra privacy.»

Annuisco, sentendo gli occhi di Oscar che mi bucano. Appena la porta del salotto si chiude, dico: «Oscar, per favore, cerca di capire…»

«No. Non puoi tornare indietro.»

«È casa mia, il mio regno. Non posso voltare loro le spalle.»

«Allora verrò con te.»

Scuoto la testa. «No, non ancora. Ci sarà il caos e sarà il momento peggiore possibile per me di tentare di sconvolgere la monarchia con la nostra relazione.»

Lui si china in avanti. «Posso aiutarti.»

Sospiro. So che le sue intenzioni sono buone, ma so anche che non è possibile. «La tua presenza creerebbe solo discordia e tensione in un momento nel quale l'armonia è indispensabile.»

Oscar si tira indietro, mettendo le braccia conserte. «Tu non lo sposerai.»

Ha ragione. Dovevo prendere in considerazione quella possibilità, ma adesso che sto guardando l'uomo che amo, so che non posso farlo.

Ho un groppo in gola. «Non lo sposerò, ma, rifiutandomi di farlo, correrò un grosso rischio. La nostra gente sarà sconvolta e lui, nella sua furia, farà tutto ciò che è in suo potere per rovesciare la monarchia. Dà lavoro a metà dell'isola e ha quindi una grossa influenza.»

Oscar mi fissa a lungo. «Tu non hai il potere di comandare da sola. Me l'hai detto.» Appoggia le mani sul tavolo. «Pol, capisco che tu voglia aiutare, ma non posso permettere che ti sacrifichi.» La sua voce si spezza. «Non deve accaderti niente.»

Le lacrime mi bruciano gli occhi ma mi faccio forza. Non posso permettere di lasciarmi andare ai sentimenti personali. Questo è il momento per cui sono stata educata e addestrata, per assumere il comando, mettere il mio regno al primo posto.

Oscar si alza e viene da me, sollevandomi dalla sedia e abbracciandomi. «Hai detto che saresti rimasta con me.»

Mi si chiude la gola per l'emozione e lo abbraccio stretto. «Forse saremo fortunati e l'uragano cambierà percorso, esaurendosi in mare.»

Oscar mi tiene per le spalle e si tira indietro per guardarmi. «Non voglio che la nostra relazione dipenda dai capricci del tempo. Resta qui. Eri destinata a me. L'ho capito dal primo momento in cui ti ho visto.» Mi prende il volto tra le mani. «Io ti a…»

«No. Non dirlo. Se succederà il peggio e dovrò tornare a casa, ti chiamerò appena sarò sicura che potrai avere un posto con me.»

«Ti aspetti che viva là?»

«Sì. Io sarò necessaria là e ti voglio al mio fianco.»

«E il mio lavoro qui? Dovrei abbandonare la mia unica chance di lasciare un segno e di contribuire al benessere del mio regno? Dovrei abbandonare Adrian e lasciare che faccia tutto da solo? Dovremmo essere soci, noi tre.»

«Non ho tutte le risposte!»

Oscar mi appoggia la mano sul volto e mi accarezza la guancia con il pollice. «Pensavo avessimo un accordo. Tu qui a Villroy con me. Qui sarai al sicuro.»

«Potrei non avere quella scelta.»

«Sì, invece. Solo non è la scelta che vuoi fare.»

Mi allontano. «Non capisci che cosa significa essere l'erede, specialmente l'unica erede. Il regno guarda a me. L'hai detto tu stesso, tu sei solo uno dei principi e nessuno si aspetta che tu governi.»

Oscar mi guarda irritato. «So esattamente quali sono i limiti della mia posizione.»

«E tu conosci le limitazioni che mi impone il mio regno tradizionalista, ma non posso voltare loro le spalle.»

Ci fissiamo, siamo a un'impasse.

Quel groppo in gola non se ne va. Fa male sapere che non è d'accordo di raggiungermi un giorno, in futuro, a Beaumont e temo che sia la fine per noi.

Rompo il pesante silenzio. «Aspetteremo e vedremo come va.»

I suoi occhi lampeggiano. «Aspettare e vedere da che parte tira il vento. Perfetto, Polly.» Poi si precipita fuori dalla stanza.

Oscar

È l'una e lei non è qui. È sempre nel mio letto a quest'ora. C'è qualcosa che non va. Ho lo stomaco sottosopra. Mi sta lasciando. Si sta già allontanando. No.

Afferro il telefono e le mando un messaggio. Dove sei?

Polly: *Nella mia stanza*

Io: *Perché?*

Polly: *Sto pensando.*

Io: *Vieni a pensare qui.*

Nessuna risposta.

Faccio un respiro profondo, cercando di calmarmi e le scrivo di nuovo. *Qual è la tua stanza?*

Polly: *Sono accanto a Marge. NON venire qua.*

Io: *Allora vieni qua tu.*

Aspetto la sua risposta e, non ricevendola, le mando un altro messaggio. *Se non mi dici qual è la tua stanza, busserò a tutte le porte nell'ala est finché ti troverò.*

Polly: *Sono nell'ultima stanza al secondo piano.*

Mi infilo una t-shirt, metto in tasca il telefono ed esco. Sono un po' più calmo quando arrivo lì. Non voglio litigare con lei. Ho bisogno di stare con lei il più possibile prima che scivoli via. La sua porta non è chiusa a chiave quindi entro, non voglio che Marge mi senta bussare.

Polly è accanto al letto e si volta quando entro. Mi manca il fiato. È così bella. Non so perché la cosa mi colga di sorpresa. Forse perché ho paura di perderla. Il suo volto a forma di cuore, i brillanti occhi castani, le guance rosate che mi sono così familiari, eppure mi ritrovo a cercare di mandare a memoria i suoi lineamenti. I lunghi capelli scuri e ricci ricadono a cascata sulla camicia da notte rosa pallido, un indumento setoso, leggero, con le spalline sottili, che finisce alle ginocchia. È una camicia ampia, fluida ma comunque sexy perché conosco ogni centimetro di ciò che c'è sotto. Sento un impeto di affetto che mi fa percorrere la distanza in un lampo.

Le prendo il bel volto tra le mani. «Ti amo.»

I suoi occhi si riempiono di lacrime.

«È tutto ciò che hai bisogno di sapere. Non c'è altro a cui pensare.»

Lei si volta. «Non è così semplice» dice a bassa voce. «Non tutto è bianco o nero.»

Appoggio la mano sulla sua guancia e la volto verso di me, premendo la bocca sulla sua. «È giusto tra noi. Lo sai.»

La sua voce è tesa. «Sì.»

«Lasciami entrare, okay?»

«Sei già dentro.» La sua voce è soffocata. «Sei talmente in fondo nel mio cuore che non potresti mai tirarti fuori.» Fa una smorfia. Io sono una complicazione per il suo percorso diretto e semplice verso il ruolo di regina. Se sposerà l'uomo che può aiutare il suo regno, avrà tutto. Se resterà con me, beh, non si sa.

Comunque insisto. Voglio avere tutto con lei. «Invitami nel tuo regno.»

«Lo farò, al momento giusto.»

«Okay, e poi ti inviterò nel mio.»

Lei alza le mani in segno di resa. «Sono già nel tuo regno.»

«Intendo dire il nostro insieme. Il nostro posto, una casa nostra. Ne prenderemo una non lontano da qui.»

Polly sospira. «E siamo tornati al punto di partenza.»

Non ho mai voluto che rinunciasse al suo regno, ma ora è diverso. A casa sua nessuno si occupa di lei. Non rispettano lei né le sue capacità. Qui, lei può avere tutto. Entrambi possiamo avere tutto.

La stringo tra le braccia e lei si scioglie contro di me. Aspetto che alzi la testa e poi la bacio cercando di ricordarle ciò che abbiamo. Lei mi restituisce il bacio con passione, infilandomi le mani tra i capelli, appoggiando i fianchi sui miei, cercando istintivamente di più.

Interrompo il bacio e le prendo la mano, portandola verso il letto. «Ne parleremo ancora quando ne sapremo di più. Faremo un piano.»

«Sono brava a fare piani» dice con un sorriso dolce.

La tiro vicina, baciandola ancora e l'abbasso sul materasso. Non ci sono questioni, dobbiamo stare insieme.

È venerdì sera e mi sento disperato. È previsto che l'uragano tocchi terra sull'isola principale di Beaumont domenica mattina presto e mi rifiuto di permettergli di portarmi via Polly. Lei non vuole impegnarsi a passare la vita qui e non vuole che la raggiunga là. Non riesco a smettere per un attimo di pensare alla pressione che sente di sposare Peter per non rischiare la rovina della sua famiglia. La vendita del mio terreno non è ancora a posto. Non ci sono risposte facili. Diavolo. Sono stufo di litigare con lei, quindi vado da un'autorità più alta, sua cugina e la sua alleata più intima, la regina Anna.

È ancora presto, sono solo le otto del mattino, quando busso alla porta della loro suite nell'ala ovest. Mi apre una cameriera che mi fa entrare.

Gabriel e Anna sono in salotto, su un divano beige e stanno guardando la TV.

Chiedo alla cameriera di lasciarci soli e poi sbotto: «Anna, devi impedire a Polly di andarsene. Proibisciglielo.»

Sento il pianto di Mila venire dalla camera.

«Hai svegliato la bambina» esclama Anna.

«Mi dispiace.»

«La prendo io» dice Gabriel, andando nella loro camera. Torna un momento dopo con mia nipote, che è rossa in volto e sembra infuriata per essere stata svegliata. Gabriel cammina avanti e indietro nella stanza, battendole piano la mano sulla schiena. «Probabilmente solo un po' d'aria nel pancino» dice. «Non sei stato tu, Oscar. È abituata a un sacco di rumore e alle conversazioni.»

Sparisce di nuovo nella stanza da letto.

«Scusami se ho dato la colpa a te.» Anna appoggia la testa sullo schienale del divano. «Siamo esausti. Mila piange giorno e notte. Allora, che cosa stavi dicendo sul proibire a Polly di partire? Non ha senso.»

«Sei la regina. Emetti un decreto reale per farla restare.»

Lei guarda il soffitto prima di fissarmi negli occhi. Mi colpisce di nuovo la somiglianza tra lei e Polly: gli stessi capelli scuri e ricci, il volto a forma di cuore, gli occhi castani, ma sono diverse. In Polly, il suo spirito le brilla sul viso e qualcosa in lei mi parla. «Vorresti che la chiudessi nella segreta?»

Lo prendo in considerazione. Effettivamente abbiamo una segreta. Quanto si arrabbierebbe?

«Stavo scherzando!» esclama Anna.

Che cos'altro la terrebbe qui? «Anticipa il battesimo. Dovrà restare, dato che è la madrina. Ho solo bisogno di più tempo.»

«Tempo per che cosa?» mi chiede.

Mi passo le dita tra i capelli. «Per far sì che si impegni a passare la vita qui con me.»

«Oh, Oscar.»

Mi si chiude la gola sentendo la compassione nella sua voce. So che sembro pazzo, ma non posso farne a meno. Peter è ancora una minaccia e non posso condividere i sordidi dettagli di questa storia. Polly non vuole che altri ne vengano a conoscenza. L'unico modo per tenerla al sicuro è tenerla qui. E credo fermamente che, a lungo termine, staremmo meglio entrambi qui a Villroy. Riesco a vedere chiaramente il futuro e andrà tutto bene. Non sono egoista. Voglio che viva in un posto dove è amata e rispettata, dove può volare senza impedimenti.

«Io la amo» dico. E so che anche lei mi ama. Me lo dice nell'intimità della mia stanza da letto, sussurri nel buio. A volte me lo dice anche in un messaggio durante il giorno. Solo un cuore, ma so che cosa significa.

Gabriel è tornato e deve aver sentito che cosa ho detto perché lui e Anna si scambiano un'occhiata. Le passa Mila dicendo. «Potrebbe essere affamata.»

Anna mette a nudo il seno prima che io possa distogliere gli occhi. Oh-kay.

«Forse dovrei andarmene.» Mi volto e mi dirigo verso la porta.

Gabriel mi segue. «L'amore può farti fare cose pazze» dice con cognizione di causa.

È maggiore di me di quattro anni e si è sempre preso cura di me, quindi spero veramente che abbia qualche saggio consiglio da darmi. «Ha fatto impazzire anche te?»

Lui si ferma sulla porta. Con un enorme sorriso che gli illumina gli occhi. «Assolutamente. Sono veramente impazzito quando pensavo di aver perso Anna per sempre. Lei aveva deciso che doveva andarsene in modo che io potessi essere il re che dovevo essere e sposare una nobile.» Anna è una borghese (una plebea, come si definiva lei) e Gabriel aveva dovuto convincere i nostri genitori a permettere il matrimonio e lasciare che diventasse regina. Ma i nostri genitori erano ragionevoli, diversamente da quelli tradizionalisti di Polly. Avevano riconosciuto l'amore e l'avevano onorato. E Gabriel non aveva nessuno che lo ricattasse.

Gabriel continua. «Mi sono spogliato, restando in mutande, mi sono tuffato dal nostro yacht e ho nuotato nel mare gelido fino a salire sul traghetto su cui c'era lei.»

Spalanco gli occhi. Per lui è pazzesco. Come erede, Gabriel è sempre stato vincolato al protocollo. Prima di incontrare Anna i miei fratelli e io lo chiamavamo il Signor Scopa nel Culo. Lo so, eravamo terribili, specialmente perché non avevamo mai sperimentato il tipo di pressione che aveva sopportato lui, educato e preparato per diventare re.

«È stato così romantico!» esclama Anna.

Gabriel sorride. «Sì ed è quello che dovresti fare anche tu.»

Lo fisso. «Forse ho il cervello annebbiato perché sto cercando di capire questa situazione, ma non vedo come la cosa possa funzionare per me. Lei non se ne sta andando da qui in traghetto.»

Gabriel mi batte una mano sulla spalla. «Io ero disposto a fare qualunque cosa servisse per tenere Anna. Ho lottato per lei. È quello che devi fare anche tu.»

«Sì, ma questa situazione è diversa. Lei se ne sta andando e non vuole che vada con lei. Dice che aumenterebbe solo la tensione durante un periodo difficile.»

«Avvicinati, Oscar, così non devo gridare» dice Anna.

Ritorno dove sta allattando la bambina e tengo gli occhi fissi sulla sua faccia.

Lei mi rivolge un sorrisino. «Polly sa meglio di chiunque di noi come e quando farti entrare in gioco. Se ti ama quanto sembra che la ami tu, farà tutto ciò che è in suo potere per non procedere con il matrimonio combinato. È intelligente e astuta. Sono sicura che riuscirà a fare un piano. Devi solo avere fiducia in lei.» Se solo fosse così semplice.

Mi metto le mani sui fianchi. «Quindi immagino che dovrei restare qui e non fare niente?»

«A volte è l'unica cosa che puoi fare.»

Gabriel ci raggiunge, sedendosi accanto ad Anna. «Deve fare qualcosa. Non è nella nostra natura restare con le mani in mano. I Rourke sono sempre stati guerrieri. Ce l'abbiamo nel sangue.»

Anna si volta verso di lui. «Sì, tesoro, ma questa non è una battaglia. È una relazione.»

Gabriel continua come se lei non avesse parlato e ne sono lieto, perché il consiglio di Anna è terribile. «Oscar, con quest'uragano e il tipo di monarchia di cui Polly fa parte, beh, semplicemente non ci sono risposte facili. Falle sapere che la spalleggerai, a ogni costo. Resta al suo fianco.»

Ma lei non mi permette di restare al suo fianco! Non lo capiscono e perché dovrebbero? Loro hanno tutto: un matrimonio, una famiglia, il regno, l'impresa.

Faccio un breve inchino e mi congedo.

13

Oscar

Stringo Polly tra le braccia. «Dovremmo sposarci subito.»

Lei si tira indietro per guardarmi negli occhi. «Ti amo, veramente, con tutto il mio cuore, ma...»

«Niente ma. È quello che conta.»

«Voglio che il mio regno ti accetti. Dobbiamo aspettare il momento giusto.»

È raggelante. Sta parlando come se intendesse restare a Beaumont. «Solo se resterai là. Villroy è una possibilità migliore, o la Francia. Ovunque eccetto il tuo regno tradizionalista. Non ti apprezzeranno mai come dovrebbero e Peter è ancora una minaccia. Qui sarai sempre al sicuro.»

Silenzio.

Le alzo il mento e arrivo al dunque. «Giurami che non lo sposerai per salvare la tua famiglia e il tuo regno.»

«Non lo sposerò.»

«Giuralo.»

Lei volta la testa. «Oscar, stai diventando ridicolo.»

Vorrei ululare. «Tu mi stai facendo impazzire.»

Polly sospira. «Ti stai comportando come un pazzo, ma non è a causa mia.»

«Sì, invece. Non vuoi permettermi di raggiungerti là e non vuoi restare qui.»

Polly fa un respiro profondo, raddrizzando le spalle. «Non voglio un matrimonio affrettato, né qui né là. Devi avere fiducia in me.»

«Ti conosco. Metti gli altri al primo posto.»

«Metto il mio regno al primo posto, com'è mio dovere.» Sembra una regina e detesto che si senta così distante, che si stia nascondendo dietro il suo titolo.

Stringo i denti. «Ed è mio dovere occuparmi di te.»

La sua espressione si addolcisce. «Lo apprezzo, ma il lavoro che devo fare a casa è responsabilità mia. Ho bisogno che tu abbia fiducia in me, che creda che ci sarà un posto per te al mio fianco in futuro. Non so ancora come sarà quel futuro.»

Non c'è nient'altro da dire, il futuro è incerto, orribilmente incerto, quindi la bacio, un bacio carnale, pieno di passione e possesso. Lei mi mette le braccia intorno al collo e ricambia volentieri. Il fuoco divampa tra noi due, come sempre, alimentato dall'amore e dalla passione. Se solo fossero sufficienti.

~

Polly

Il terrore mi ha paralizzato mentre guardo il notiziario. L'uragano di categoria 4 ha colpito Beaumont questa mattina, come previsto e Beaumont è tagliata fuori dal mondo: niente cellulari, radio, Internet o elettricità. Non sono ancora chiare le dimensioni dei danni. L'uragano ha colpito per primo il lato nord occidentale dell'isola principale, poi si è scatenato al centro ed è uscito dalla punta sud. Dovrebbe colpire le isole vicine molto presto. Sto aspettando che mostrino una ripresa aerea, ma non possono ancora arrivarci con l'uragano che infuria così vicino.

Il palazzo reale si trova sulla punta a sud di Beaumont, direttamente sul percorso dell'uragano. Mi dico che i miei genitori sono vivi. Devono essere vivi. Lo sentirei se fosse successo qualcosa di così catastrofico, no? Il palazzo è fatto di solida roccia, rinforzato dopo un uragano di qualche decennio fa. Mi sforzo di pensare alla logistica, catalogando mentalmente quali potrebbero essere i danni. I resort nella parte nord occidentale dell'isola, quelli di Peter, probabilmente sono stati distrutti. Anche la vegetazione. Il centro dell'isola è dove ci sono le infrastrutture: centrali elettriche, bacini idrici, l'ospedale, le scuole e le residenze private. Probabilmente sono inondati e danneggiati in modo grave. L'aeroporto è sul lato est. Non dovrebbe essere stato colpito. Se ho ragione, Peter starà disperatamente cercando un alleato, dopo aver perso tanto. Come minimo, cercherà disperatamente di farsi ripagare in toto il debito. Che cosa potrebbe fare un uomo disperato? Non posso preoccuparmene adesso. Devo pensare al regno.

Ci serviranno fondi per i primi soccorsi e per la ricostruzione. Nel frattempo, la perdita degli introiti del turismo può essere disastrosa. Fortunatamente i turisti e una parte degli isolani erano stati evacuati prima che l'uragano colpisse. I miei genitori non se ne sarebbero mai andati. I governanti di un regno devono restare fino al loro ultimo respiro. Mi si riempiono gli occhi di lacrime e me li asciugo irritata. Non li piangerò finché non conoscerò i fatti. Devo continuare a sperare.

«Polly, dovresti mangiare qualcosa» dice Marge, offrendomi un vassoio con della frutta fresca e degli scone.

L'allontano con un gesto indifferente e continuo a guardare la TV.

Marge, Vaughn e io siamo in salotto fin dall'alba, a guardare i notiziari. Adesso è il tramonto. Vaughn, la mia guardia, ha la famiglia a Beaumont. Marge ha solo me. Oscar è qui con me e ho fatto il diavolo a quattro per far fare un passo indietro a Marge. Non mi priverò del suo conforto per ragioni di correttezza. Ho bisogno della sua solida presenza e del suo contatto per calmarmi. Queste sono circostanze catastrofiche. Il resto della famiglia è passato a vedere me e le notizie. Solo che non ci sono notizie. Sono le stesse informazioni che vengono ritrasmesse in continuazione. Un uragano di categoria 4 ha colpito la parte nord occidentale di Beaumont, ha attraverso il centro dell'isola ed è uscito in direzione sud verso il mare. L'isola è senza comunicazioni. L'estensione dei danni è ignota.

Sto solo aspettando i primi indizi su cosa sta succedendo nella mia patria. Ho bisogno di essere lì, ho bisogno di dare il mio aiuto per i soccorsi. Detesto sentirmi impotente.

Oscar mi mette in mano un bicchiere. «Bevi, Pol. Non devi mangiare, solo bere.»

Bevo. È acqua e limone e mi schiarisce la testa. Mi volto a guardarlo. I suoi occhi sono pieni di compassione. «Grazie.»

«Prego. Vuoi andare a fare due passi? A prendere un po' d'aria.»

Riporto lo sguardo sulla TV. «No. Non voglio perdermi le notizie.»

Oscar mi massaggia la schiena e poi mi tira verso di lui, tenendomi stretta. Gli metto le braccia intorno alla vita. Immagino sia stato un bene che non fossi a casa. E se fossi stata a palazzo e l'intera monarchia fosse stata spazzata via in un sol colpo? *Smettila. Non pensare al peggio.*

Le ore passano lentamente. Nessuna notizia. Oscar mi obbliga ad alzarmi e a camminare intorno alla stanza un paio di volte e continua a farmi bere acqua e limone. E poi arriva la sera a Beaumont, quasi le due di notte qui, e la possibilità che arrivino notizie diminuisce ancora. Dev'essere così buio e silenzioso là, adesso. La gente dev'essere spaventata. Vaughn e Marge sono andati a letto ore fa. Ma io resto in attesa.

Oscar mi appoggia la mano sulla guancia, voltandomi verso di lui. «Pol, non possono fare riprese aeree di notte. Andiamo a letto e controlleremo al mattino.»

Spingo via la sua mano e torno alla TV. *Blackout nelle comunicazioni. Estensione dei danni sconosciuta.* Ancora una volta appare una grafica della mia isola e dell'uragano in rotazione. È il mio unico legame con casa mia.

Oscar mi parla all'orecchio in tono urgente. «Non puoi andare avanti senza dormire e Beaumont dipende da te.»

Mi volto lentamente verso di lui. «Come faccio a dormire in un momento simile?» Deglutisco forte. «E se mi svegliassi e scoprissi che tutto ciò che amo è sparito? I miei genitori, il mio palazzo, il mio regno.»

«Lo supereremo insieme.» Si alza e mi tira in piedi. «E continueremo a sperare per il meglio.»

Mi siedo di nuovo per guardare le notizie. Oscar afferra il telecomando prima che ci arrivi io. «Potrai guardarle domani mattina. Sei esausta. Lascia che mi prenda cura di te.» Mi prende il volto tra le mani. «Ti amo.»

Mi si riempiono gli occhi di lacrime. «Ti amo anch'io» dico con la voce soffocata.

Mi mette un braccio sulle spalle e mi guida fuori dalla stanza, lungo il corridoio e al piano di sopra. Stiamo andando nella sua stanza e non mi interessa se Marge noterà che non sono nella mia. Ogni regola secondo la quale ho vissuto, ogni limitazione sono spariti di colpo, ma non riesco a goderne perché sono spariti per il più orribile dei motivi.

∽

Una settimana dopo

Oscar

L'ho lasciata andare. Mi ha quasi ucciso, ma l'ho fatto. Sta andando a Beaumont ad affrontare Dio solo sa che cosa la sta aspettando là.

Il giorno dopo l'uragano, avevamo ricevuto la buona notizia che i suoi genitori erano vivi, e questo significa che la monarchia esiste ancora. Significa anche che non posso raggiungerla a Beaumont finché non mi dirà lei che è il momento giusto. Sono felice che abbia ancora la sua famiglia. Vorrei solo poter far parte di quello che sta succedendo. Li abbiamo visti nel notiziario. I suoi genitori sono saliti sul belvedere in cima alla torre di pietra del palazzo e hanno segnalato a un aereo che stava facendo delle riprese aeree. Suo padre sembra vecchissimo, con radi capelli bianchi ricci. Sua madre sembra molto più giovane, ha i capelli castano scuro diritti, lunghi fino alle spalle. Il palazzo ha subito solo pochi danni. Sembra una fortezza di pietra.

Il notiziario indicava che la maggior parte del danno è nella parte nord occidentale dell'isola principale, con resort, ristoranti e case distrutti. Il centro dell'isola se l'è cavata un po' meglio con danni più che altro ai tetti, insieme a inondazioni. In quei luoghi, la maggior parte della vegetazione è sparita. Alberi sradicati e pali del telefono abbattuti bloccano le strade.

Ieri abbiamo ricevuto la notizia che le piste dell'aeroporto sono state pulite. E questo significa che i soccorsi possono arrivare ma anche che Polly poteva andare a casa. È partita questa mattina sul nostro jet privato, insieme a Marge e Vaughn. Questa settimana ho lavorato al suo fianco per coordinare la raccolta fondi per Beaumont, attingendo a ogni contatto sia del suo regno sia del nostro. Mio fratello Phillip ci ha dato una mano, con le sue conoscenze alle Nazioni Unite per ottenere aiuti umanitari; si è fatta avanti un'organizzazione di soccorso, insieme alla Croce Rossa. Stanno contribuendo anche l'ente di beneficenza del nostro regno e quello di Polly.

Il servizio di telefoni cellulari è stato ripristinato, insieme al sessanta percento delle linee elettriche. È tutto ciò che so. Non riuscirò a rilassarmi finché non sarà arrivata sana e salva nel suo palazzo. C'è ancora un mucchio di gente senza elettricità e acqua, una settimana dopo l'uragano, e i supermercati stanno esaurendo le scorte di cibo. C'è una linea sottile tra la civiltà e la barbarie quando la gente è disperata. E Polly rappresenta l'ideale di un'aristocratica intoccabile che potrebbe non essere apprezzato in queste circostanze. Mi ha assicurato che la sua gente l'adora. Non ne dubito, ma io non ho una visione così rosea della natura umana. Togliete il cibo, l'acqua e un tetto alla gente ed è il caos. Ha una guardia, ma un uomo solo contro una folla è inutile. Se potessi decidere io, ci sarebbe un esercito ad accompagnarla a palazzo.

Per quanto ne abbia bisogno nella mia vita, loro ne hanno più bisogno. Spero solo che apprezzino il suo spirito dinamico e le permettano di essere il condottiero che merita di essere, da sola. Non sarò responsabile delle mie azioni se sentirò che stanno facendo pressioni perché sposi quella viscida serpe. Tutto ciò che so, è che dovranno passare sul mio cadavere.

~

Polly

Mi ero preparata per quanto possibile a vedere la devastazione a Beaumont dopo aver passato ore a studiare le fotografie su Internet e aver guardato i notiziari, ma guidare lungo la strada sud-orientale che porta al palazzo, fissando il panorama di devastazione: hotel sulla spiaggia danneggiati, la perdita completa della vegetazione e degli alberi, ristoranti e case distrutte, mi fa male fisicamente. Mi stringo nelle braccia. So che siamo stati fortunati. La situazione avrebbe potuto essere ancora peggiore. I miei genitori sono vivi. La maggior parte dei nostri resort nella parte sud orientale dell'isola è recuperabile con qualche lavoro di restauro e ci sono intere sezioni dell'isola intatte: l'impianto di trattamento acque, le scuole, l'ospedale, ma c'è anche tanto in rovina. Non sembra più nemmeno la Beaumont che conosco e amo.

L'auto si ferma davanti all'ingresso del palazzo e i miei genitori mi aspettano nel cortile.

«Polly!» esclama mia madre correndo verso di me con le braccia aperte.

Mi si chiude la gola per l'emozione e corro verso di lei, che mi stringe forte. «*Maman!*» grido. «Sono così felice che tu e papà stiate bene.»

Lei si tira indietro, accarezzandomi i capelli e mi esamina. «Il palazzo ha sopportato di peggio. È stato rinforzato molte volte. Sembri diversa. Che c'è?»

Sono innamorata. Non sono più vergine. Sogno un futuro diverso. Non dico nessuna di queste cose perché so che dovrò scegliere il momento giusto. «Il soggiorno con Anna a Villroy è stato meraviglioso. I Rourke sono una famiglia splendida e un valido alleato per noi.»

«Sì» dice lei lentamente, con la testa piegata da un lato mentre studia i miei lineamenti, con la fronte aggrottata. «Apprezziamo il loro contributo.» Si volta e sorride a mio padre. «Vieni, tuo padre aspettava ansiosamente il tuo ritorno.»

Vado da lui, chino la testa e faccio una riverenza. «È bello vederti papà.»

Lui non è tipo da abbracci. Aspetto mentre alza un braccio tremante per mettermi la mano sulla testa. «Sono contento che tu sia a casa. Ci sono parecchie cose da discutere.» C'è un tremore anche nella sua voce adesso. Il suo morbo di Parkinson è decisamente peggiorato.

«Lascia che si sistemi, prima» dice mia madre.

Va a salutare Marge e Vaughn. Lei e Marge parlano a bassa voce e mia madre mi dà un'occhiata allarmata. Mi innervosisco. Ho detto a Marge che avrei parlato io di Oscar alla prima occasione, ma sembra che abbia già rivelato qualcosa. Mia madre fa un cenno affermativo a Marge e indica a lei e a Vaughn di entrare.

Mia madre mi prende a braccetto. «È stato un lungo viaggio, vero? Dovresti riposare.»

«Sì, ma sto bene. Voglio fare tutto ciò che posso.»

«Siamo stati in contatto con Peter» dice mia madre.

«Mmm, brav'uomo» dice mio padre.

Digrigno i denti. Non ho nemmeno superato l'ingresso e stanno già buttandomi in faccia il promesso sposo. «Ah, davvero?»

«Sì. Non vede l'ora di rivederti. Devi essergli mancata, Polly.»

Le parole mi escono senza controllo. «Oppure vuole solo approfittare degli unici resort rimasti agibili sull'isola, i nostri.»

«Ha un diritto legale su uno dei nostri resort» dice mio padre. «Se gli interessasse solo il profitto se ne sarebbe semplicemente appropriato. Perché sei così sospettosa? Pensavo che fossi d'accordo su quest'unione.»

«Le cose sono cambiate» dico.

Mio padre sembra perplesso, mia madre preoccupata.

«Vi spiegherò più tardi» dico, andando avanti. «C'è parecchio lavoro da fare.»

Mia madre mi raggiunge. «Peter renderà più facile il lavoro. Non allontanarlo, Polly. Vuole aiutare ed è ciò di cui Beaumont ha bisogno.»

Mi fermo, e la fisso con gli occhi ridotti a due fessure. «Sono *io* quella di cui Beaumont ha bisogno. Ho l'energia, l'iniziativa e la mente strategica per far fiorire questo regno. È un mio diritto. Non lo consegnerò a un magnate maschio o a un cugino maschio solo perché è così che si è sempre fatto.»

La bocca di mia madre forma una "O" di sorpresa. «E questo da dove viene? Non puoi governare da sola. Quanto veleno! Devi imparare a essere meno testarda. Le nostre tradizioni sono ciò che hanno reso forte il nostro regno.»

Chiudo la bocca. La mia frustrazione ha avuto la meglio. Non ho tempo per discussioni o per ribaltare l'ordine sociale della monarchia. Devo concentrarmi sui soccorsi per Beaumont. «Scusatemi, credo di essere stanca. Sarò nella mia stanza per un po'.»

«Certo» risponde mia madre pacatamente. «Un viaggio così lungo può rendere irritabile. Benvenuta a casa.»

Le rivolgo un sorriso tirato e vado nella mia stanza. Il cellulare funziona e quindi posso telefonare. Internet funziona a sprazzi, ma il palazzo ha l'energia elettrica. Devo valutare le condizioni dell'isola e poi andare a vedere di persona. Poi devo assicurarmi che le forniture che arriveranno all'aeroporto siano consegnate nelle aeree in cui ce n'è più bisogno. C'è molto da fare e il tempo è essenziale. Ci sono stati trentadue morti a causa dell'uragano e non voglio che la conta aumenti.

Prendo il telefono e c'è un messaggio da Oscar: *Fammi sapere se sei arrivata sana e salva.*

Il mio amore. Mi si stringe il cuore e ho gli occhi che bollono mentre rispondo. *Sono arrivata e ti amo.*

Arriva una risposta un momento dopo. *Ti amo anch'io. Di' una parola e sarò lì. Davvero.*

Faccio un respiro profondo. Non è il momento giusto perché Oscar si faccia vivo, ma spero che quel momento arrivi presto.

14

Polly

Dopo ciò che sono sembrate un trilione di telefonate, mi infilo gli indumenti che uso quando mi alleno (i miei unici vestiti informali): una t-shirt rosa, leggings neri e sneakers e salgo al terzo piano, nella stanza di Marge. Ho fatto in modo che la società elettrica aprisse un account sui social media e ho inserito anche il mio, chiedendo a tutti quelli che potevo contattare di seguirmi. Prima dell'uragano, il protocollo reale mi proibiva di apparire sui social media, ma è il modo più semplice per comunicare con tutti, quindi, al diavolo! Il protocollo non rimetterà in piedi Beaumont. Il mio obiettivo è far sì che gli isolani pubblichino le fotografie delle aree più problematiche, con le coordinate geografiche in modo che possiamo sapere con esattezza dove le linee elettriche sono cadute e dove le strade sono bloccate. L'energia elettrica e l'accesso alle strade devono avere la massima priorità. Ci serve l'elettricità, specialmente per il sistema di distribuzione dell'acqua, riparato in fretta perché ha subito pochi danni. Dato il via a quello, devo occuparmi delle persone senza tetto. Qui entra in gioco Marge, che è naturalmente portata ad aiutare gli altri. Severa, non accetta stupidaggini, ma in fondo ha un grande cuore.

La porta di Marge è aperta e lei è seduta a un tavolino

rotondo accanto alla finestra, a fissare il mare. I suoi capelli castani, con tanti fili grigi, sono raccolti in un ordinato chignon sulla nuca, sembra desolata. È difficile tornare a casa con tutta questa devastazione.

«Marge» dico piano, non voglio spaventarla.

Lei volta la testa. «Stai per andare ad allenarti, dopo un viaggio così lungo?»

«Questi sono gli unici indumenti adeguati per andare in un'area disastrata» dico, andando verso di lei. «Non ci possono essere veli e abitini in momenti come questi.»

Lei stringe le labbra. «Ho detto a tua madre che il principe Oscar è innamorato di te. Non ho parlato delle tue azioni nei suoi confronti.»

Sospiro e mi siedo accanto a lei. Sta facendo il suo lavoro da chaperon, come mi aspettavo. Marge è con me da quando avevo nove anni ed ero stata spedita in collegio. Per molti versi, è stata una madre per me.

La guardo negli occhi. «Non sono arrabbiata. So che stai facendo il tuo dovere da chaperon. Quel lavoro finirà presto, quando mi sposerò.»

«Certo» dice in fretta. «Ho sempre saputo che il mio lavoro sarebbe finito con il tuo matrimonio.»

Le prendo la mano e me la metto sulla guancia. «Marge, sei stata la mia compagna costante e voglio che sappia quanto ti apprezzo.»

Le si riempiono gli occhi di lacrime e si china in avanti, baciandomi la fronte. «Sei cresciuta e sei diventata una donna meravigliosa, Polly. Non ho mai pensato che fossi troppo difficile.»

Mi tiro indietro con una risata.

Ride anche lei. «Okay, eri difficile, ma tutti quei tratti, difficili da gestire in una bambina, saranno un vantaggio per un capo. Sono contenta che tu sia piena di energia e di forza di volontà e che sia testarda. Come dovrebbe essere una regina. Beaumont ha bisogno di te, ora più che mai.»

«È ciò di cui ti volevo parlare. Siamo in uno stato di emergenza e, per quanto mi riguarda, il protocollo non ha più valore. Ho bisogno del tuo aiuto, Marge, ma non come chaperon. Ho bisogno di te al mio fianco per valutare i danni e coordinare i soccorsi. E voglio che ti occupi in particolar modo dei bambini. Hai abbastanza amore dentro di te per un esercito di bambini.»

Lei aggrotta la fronte. «Un esercito di bambini. Dio non voglia!»

«Mi aiuterai?»

Lei annuisce, con gli occhi lucidi e le labbra strette. «Sarebbe un onore.»

«Sapevo di poter contare su di te. Grazie.» Mi alzo. «La prima cosa che faremo, sarà radunare la gente nella parte nord dell'isola e assicurarci che abbiano un tetto.»

«Dove li metteremo?»

«Dipende da quanti sono. Chiederò agli isolani di alloggiare la gente dove può. So che le scuole elementari possono ricoverare la gente nella palestra e ne porterò alcuni qui a palazzo...»

«A palazzo!» esclama e poi abbassa la voce. «Non puoi portare qui la gentaglia presa dalla strada. Devono essere controllati. Devi pensare alla sicurezza.»

Raddrizzo le spalle. «Questo palazzo appartiene alla gente quanto appartiene a me. Abbiamo parecchie stanze per gli ospiti, una serra e un salone da ballo. Installerò delle brande.»

«I tuoi genitori non lo permetteranno mai» sussurra.

«Non possono respingere i loro leali sudditi alla porta» dichiaro. «Beh, sei con me?»

Lei mi fissa con gli occhi sgranati. E poi si alza e mi prende le mani, con gli occhi castani pieni di dolcezza. «Non sei mai sembrata una regina quanto in questo momento. Sono fiera di te.» Le manca la voce. «Ordina e io farò il possibile per sostenerti in tutto.»

Sorrido, con gli occhi che bruciano per le lacrime non versate e mi permetto di godere per un momento della soddisfazione di averla resa orgogliosa di me. Mia madre non l'ha mai detto. «Grazie, Marge. Significa moltissimo per me. Ora andiamo.» Mi volto e vado verso la porta. «Voglio che Vaughn ci aiuti con i lavori pesanti.»

Lei mi raggiunge. «Vaughn ha fratelli e cugini che potrebbero aiutarti. Sono tutti marcantoni come lui.»

«Eccellente» dico, andando negli alloggi delle guardie. So poco di Vaughn, solo che è nativo dell'isola. Ha scelto lui di tenere le distanze da me, per la mia stessa protezione. Quel tempo è finito. Ho bisogno di ogni uomo e ogni donna abile del regno per ripristinare l'ordine.

Quando cala la notte, sono riuscita a fare parecchio, ma non abbastanza. Mi ha colpito quanto fosse poco preparata Beaumont a un disastro naturale e sarà una delle cose di cui mi occuperò una volta stabilizzata la situazione. Solo l'ospedale ha un generatore d'emergenza, ed è una benedizione, lo so, ma avrebbero dovuto essercene di più. E siamo un'isola con il sole per la maggior parte dell'anno, avremmo dovuto investire sull'energia solare per l'elettricità e l'acqua calda, e sfruttare magari anche il vento. Quel sistema di energia rinnovabile distribuita su tutto il territorio sarebbe stato di grande aiuto. Avremmo dovuto avere più bacini idrici, non solo uno centralizzato. Un telefono satellitare a palazzo avrebbe permesso di contattare il resto del mondo fin dal primo giorno. Non c'era una scorta di acqua in bottiglia, cibo non deperibile, coperte, pannolini e roba simile. E non ci sono brande! Com'è possibile che non ci siano brande?

Ho sistemato più gente possibile nelle case. Ho raccolto più materassini possibili dai nidi e dalle scuole materne per i bambini che dormono nella palestra della scuola elementare e preso in prestito parecchi materassi e coperte non in uso dall'ospedale. Ovviamente non posso portar loro via più di tanto, nel caso ne abbiano bisogno per i pazienti.

La famiglia di Vaughn è stata di grande aiuto e parecchi di loro dispongono di pick-up per aiutare a spostare ciò che serve nella palestra. Domani, Vaughn, i suoi fratelli, i suoi cugini e parecchie delle guardie di palazzo usciranno alle prime luci per assistere nella rimozione dei detriti dalle strade, facendo attenzione a evitare le aree dove sono cadute le linee elettriche.

Ho sequestrato parecchie Bentley e Mercedes dalla flotta di auto reali per trasportare la gente a palazzo e sono alla testa di una carovana di auto. E come ho fatto ad avere l'accesso alla flotta reale? Tempistica. Mi avevano comunicato che una grossa partita di cibo e acqua imbottigliata era arrivata all'aeroporto questo pomeriggio e ho chiesto ai miei genitori di andare a riceverla e poi restare per aiutare nella distribuzione. Ho comunicato il bisogno immediato di poter usare gli autobus scolastici per la distribuzione, cosa che ha tenuto occupati i miei genitori per il pomeriggio, mentre io saccheggiavo il garage reale per il mio uso personale. Ci siamo tenuti in contatto per telefono.

I miei genitori ora sono a casa, e non sanno della cinquantina di persone che cercheranno presto riparo nel palazzo. Ho assunto il ruolo di leader e chiederò scusa dopo per la mia presunzione. Anche se non sarò mai veramente dispiaciuta per aver fatto ciò che è giusto.

Appena arriviamo nel cortile del palazzo, Marge e io indirizziamo la gente dentro il palazzo, mentre gli autisti riportano le auto nel grande parcheggio coperto sul retro. Queste cinquanta persone, che vanno dalle persone anziane ai bambinetti, sono i dipendenti (e le loro famiglie) dei resort distrutti di Peter sul lato nord dell'isola. Non hanno più un lavoro, né una casa.

«Benvenuti!» dico una volta che siamo tutti riuniti nel foyer alto due piani. «Per favore, dateci un momento per sistemare i posti letto per voi. Nel frattempo mi accerterò che vi portino da mangiare e da bere nel salone.»

Solo alcune persone mormorano un "grazie", dato che sono tutti occupati a guardare a bocca aperta il foyer. È un cimelio storico. Pareti di pietra con enormi camini aperti. Arazzi vecchi di secoli sulle pareti. In un angolo c'è perfino un'armatura. Non che abbiamo mai avuto un esercito di cavalieri medievali qui. Era una decorazione, nella casa di un ex-residente francese quando Beaumont era una colonia francese. Il grande lampadario di cristallo sopra di noi è relativamente nuovo.

Ordino ad alcuni domestici di aiutare a sistemare i posti letto nella serra e nel salone da ballo con le attrezzature che dovrebbero arrivare dall'entrata di servizio da un momento all'altro, portate dai nostri autisti. Ho già avvisato di preparare le stanze degli ospiti.

Tiro da parte Marge. «Lascerò che ci pensi tu a dividere la gente tra le stanze degli ospiti, come meglio credi.»

«Sì, certamente.» Va subito da una coppia con un bambino piccolo, parlando a bassa voce. Astuta. Non vogliamo che gli ospiti abbiano a ridire su chi otterrà una stanza e chi invece avrà una coperta sul pavimento della serra. So che darà sempre la preferenza ai bambini e si assicurerà che restino accanto alle famiglie e a loro agio.

«Polly?» La voce di mia madre sembra allarmata.

Un domestico deve averla avvertita di quello che sta succedendo.

Vado da lei, che guarda inorridita la mia testa, dove c'è un berretto con il logo di un bar locale. Non è sicuramente un velo. Non è appropriato da indossare in pubblico per una principessa ma non lo è nemmeno tutto ciò che indosso, che ora sta vedendo. Il berretto viene dal fratello di Vaughn che me l'ha dato per schermarmi gli occhi dal sole. Lo tolgo e mi liscio i capelli ricci ribelli. «Questa gente ha perso la casa nell'uragano. Resteranno a palazzo, come rifugio temporaneo.»

Mia madre si porta la mano alla gola. «Chi è questa gente?»

«È la nostra gente ed è venuta a cercare un rifugio. Io l'ho concesso.»

Lei si guarda intorno nervosamente. «È poco ortodosso. Tuo padre è nel suo studio con Peter. Sarebbe meglio che ci andassi immediatamente.» Agita le mani in aria. «Dove sono le guardie?» Abbassa la voce. «Questa gente potrebbe essere pericolosa.»

«Siamo in una situazione di emergenza. È il momento di non essere ortodossi.» Le stringo la spalla. «Per favore, falli sentire benvenuti. Le guardie stanno aiutando gli autisti con le attrezzature per i nostri ospiti. Vado a informare papà.»

Mi dirigo al suo studio. Sono lieta di sentire che Peter ce l'ha fatta ad arrivare a palazzo, perché significa che almeno una strada lungo il lato nord occidentale dell'isola è stata sgombrata. Ho passato tutto il tempo nella zona centrale dato che l'accesso alle strade a nord era bloccato. Queste cinquanta persone erano arrivate a piedi nell'area centrale dell'isola, in cerca di cibo.

Busso alla porta dello studio e mio padre sbraita: «Avanti!»

Entro, chino la testa, faccio una riverenza. «Papà.»

Lui è seduto su una sedia che assomiglia a un trono. Peter è accanto a lui in una sedia imbottita più piccola. Su un tavolino accanto a loro ci sono un decanter di brandy e due bicchieri, quasi vuoti. Peter, un uomo calvo di quasi cinquant'anni con la pancia, sembra molto contento del mio arrivo. Non sorride, ma i suoi occhi scuri brillano mentre mi squadra dalla testa ai piedi. Reprimo un brivido.

Mi siedo sul divano davanti a loro.

Mio padre parla in tono gioviale. «Sono lieto che sia qui, figliola. Peter è arrivato per la cena con te e ti aspetta da un po'.» Smette di parlare, notando per la prima volta che cosa indosso. «Vedo che non sei pronta per la sua visita. Per favore, vai a metterti qualcosa di più appropriato.» Fa un gesto con la mano. «Svelta.»

Do un'occhiata a Peter, con un "salve" prima di dire a mio padre. «Alcuni ospiti staranno con noi finché l'isola non tornerà a essere in ordine. Hanno perso le loro case nell'uragano.»

Mio padre aggrotta le sopracciglia. «Che cosa significa con noi? Questa è una residenza privata.»

Parlo in tono calmo. Non sono qui per discutere. È già fatta. «Questa residenza è stata originariamente costruita con le tasse pagate dagli isolani, quindi in parte appartiene a loro.»

Mio padre si irrita. «Non appartiene a loro! Questo

palazzo è della famiglia Lyon da secoli. Non puoi semplicemente invitare la gente presa per strada a restare qui.»

Indico la porta. «Sei tu il re. Ovviamente è un tuo diritto mandarli via. Vai nel foyer e informali che li stai cacciando. Assicurati di cominciare il tuo discorso con "Miei fedeli sudditi", come fai spesso.»

Sono insolente, esagerata, testarda, impossibile. Ogni etichetta che mio padre mi ha appiccicato è ben visibile nel suo sguardo dagli occhi stretti. Non mi tocca. La mia unica preoccupazione è la nostra gente.

Peter mi esamina con le labbra sottili tirate in una smorfia. Probabilmente sta pensando che sono troppo audace. Non ho intenzione di scusarmi per la mia vera natura. Marge ha ragione. Tutti i miei cosiddetti difetti sono, in effetti, i miei pregi e sono assolutamente necessari per governare Beaumont.

Mio padre si alza con uno sforzo e tira il campanello per chiamare un servitore. Sembra che abbia veramente intenzione di andare a sfrattare i nostri ospiti. O forse sta per vedere il mio bluff. È un gioco che si può fare in due.

«Posso aiutarti ad arrivare fin là» gli dico.

«Hai già fatto abbastanza» ribatte lui.

Chino la testa.

Qualche minuto dopo, mio padre arriva nel foyer con due camerieri che lo assistono, uno tenendolo per un braccio e l'altro dietro di lui nel caso vacillasse.

Io lo seguo con Peter.

«Vedo che sta bene, Altezza» dice Peter. «Mi dispiace solo che abbia dovuto tornare a casa con questo caos.»

«Grazie. Sono contenta di essere qui. Quali sono le condizioni al nord?»

Lui espira sibilando. «I miei resort sono andati, irrecuperabili.»

«Mi dispiace veramente di sentirlo. Ha intenzione di ricostruirli?»

«Dipende da lei. Sono qui per ricordarle il nostro accordo.»

Abbasso la voce. «Vorrei parlare con lei in privato. Forse potremmo andare in salotto, dopo.»

Lui mi sorride malizioso come se gli avessi fatto una proposta oscena. «Mi piacerebbe veramente molto, Altezza.»

«Eccellente.»

Riesco a sentirlo che mi fissa mentre camminiamo, i suoi occhi sul lato della mia faccia e poi più giù, guardando a suo piacere. Non mi ha mai visto senza il velo e un vestito modesto. Non mi importa. La mia mente è tre passi avanti, sto già pensando al modo migliore di occuparmi di lui.

Appena arriviamo nel foyer, il nostro maggiordomo declama: «Sua Maestà, re Henri.»

Gli ospiti lì riuniti chinano immediatamente la testa.

Mia madre si mette al suo fianco e gli sussurra qualcosa. Sta lavorando con me o contro di me? La sicurezza è arrivata. Individuo Vaughn e alcune altre guardie di palazzo contro la parete in fondo.

Mio padre alza una mano tremante e la lascia cadere in fretta. Non vuole che la gente veda i suoi tremori. «Miei fedeli sudditi…» Fa una pausa, guardando la gente davanti a sé.

Nella stanza c'è il silenzio più assoluto. Poi un uomo anziano tossisce, e il suo corpo sottile si piega in due. Poi una bambina, di forse tre anni, con i lunghi capelli castani arruffati, piagnucola: «Ho fame!»

Mio padre si immobilizza, fissando la bambina.

La madre la zittisce e la bambina corre da mio padre, fermandosi davanti a lui. «Mangiare!» esclama.

Mio padre la fissa, apparentemente perplesso.

La madre della bambina la prende in braccio, scusandosi profusamente.

«Fame!» strilla la bambina mentre la porta via.

Non avrei potuto chiedere un appello migliore per mio padre. Avrei potuto essere io a quell'età, solo che io avrei cercato di trovare da sola qualcosa da mangiare, arrampicandomi sui ripiani della cucina se avessi dovuto.

Mio padre si volta verso di me, con una domanda negli occhi. *Darai da mangiare alla bambina?*

Ci puoi scommettere. Approfitto del momento per annunciare. «Ottima idea! Andiamo tutti nel salone dove arriverà presto del cibo, per gentile concessione di re Henri.»

Segnalo a un servitore di accompagnare i nostri ospiti prima di andare da mio padre. «Ben fatto.»

Lui si infastidisce, ma recupera in fretta, prendendosi il merito del mio piano. «Un re si deve assicurare che la sua gente venga nutrita.»

«E abbia un tetto.»

Lui sospira. «Sei sempre stata difficile.»

Lo ignoro. Sta concedendo loro di restare qui ed è tutto ciò che importa. Non so per quanto riuscirò a convincerlo a farli restare, ma, diavolo, magari comincerà ad affezionarsi. Deve sentirsi solo qui, solo lui, mia madre e una sequela di servitori che si perdono in questo vecchio posto cavernoso.

«Papà, vorrei incontrare Peter da sola nel salotto privato.»

La sua espressione si fa più calorosa. «Sono lieto di sentirtelo dire. Devi avere uno chaperon, ovviamente.» Si guarda attorno. «Dov'è Marge?»

«Credo che sia andata con tutti gli altri nel salone.»

«Non puoi restare da sola con un uomo. Manderò tua madre.»

Ho quasi voglia di ridere. Non posso stare da sola con l'uomo che si aspetta che sposi e con il quale dovrei passare tutta la mia vita. È oltremodo ridicolo. «Andrò a cercare Marge, per quest'occasione.»

Mi congedo, fermandomi brevemente per indirizzare Peter al salotto privato dall'altro lato dell'entrata e poi vado nel salone. Trovo Marge che sta aiutando un domestico a mettere piatti di cibo su un lungo tavolo da un lato della stanza. Le scorte di cibo del palazzo potrebbero durare un mese, anche con l'orto decimato e gli alberi da frutta caduti. Abbiamo abbastanza carni conservate, frutta e verdura, insieme a confetture e salse. C'è anche una cantina per i formaggi e per il vino.

«Eccoti qui» dice Marge. «Ho risolto il problema dei posti letto. Devi avere fame. Assicurati di restare in forze.»

Le do una stretta al braccio. Non può fare a meno di farmi da mamma. È stato il suo lavoro per tanto tempo. «Mangerò quando tutti saranno sazi. Non so quanto abbiano mangiato nella settimana dopo l'uragano. A Villroy mi hanno messo all'ingrasso.»

Lei mi guarda stringendo gli occhi. «Non hai mangiato quasi niente da quando hai avuto notizia dell'uragano. Hai perso peso.»

«No, non è vero. Qualcuno mi obbligava mangiare tre volte al giorno, nutrendomi personalmente.» *Il mio amore.*

Lei nasconde un sorriso. «Mi piace il modo in cui si occupa di te.»

«Anche a me. Grazie per avermi aiutato oggi. Non attardarti dopo cena. Hai bisogno di riposare per essere al massimo domani.»

«Riposo!» sbuffa. «C'è troppo da fare per riposare.» Si volta a guardare il resto del gruppo. «Bambini! Mettetevi in fila così posso riempire i vostri piatti.»

I bambini si mettono immediatamente in fila, un paio di loro in fondo si prendono a gomitate per superarsi.

«Quelli che stanno buoni saranno serviti per primi» annuncia Marge e i bambini si calmano immediatamente.

Sorrido ed esco in silenzio, sicura che tutto sia sotto controllo. E ora Peter. Lo affronterò da sola. Non ho più paura di lui. In effetti, date le circostanze, sarà ancora più pronto a mostrarsi nella sua luce migliore per ottenere un'alleanza. Ora noi abbiamo proprietà immobiliari di prima scelta, con gli unici resort. Ovviamente c'è ancora il problema del debito. Potrebbe prendersi uno dei nostri resort per il debito scaduto, anche se sospetto che in queste circostanze preferirebbe unirsi alla monarchia invece di farsela nemica. Presto arriveranno i soldi per la ricostruzione e passeranno dalla tesoreria reale.

Quando arrivo nel salotto privato, Peter è seduto in una poltrona di pelle e sorseggia un brandy. Busso sulla porta aperta e poi entro, chiudendo la porta alle mie spalle.

Lui aggrotta le sopracciglia. «Niente chaperon, Altezza?» L'appellativo "Altezza" avrebbe avuto un impatto più forte se si fosse alzato in piedi per salutarmi e avesse chinato la testa. Invece resta comodamente seduto sulla poltrona, come se fosse a casa sua, con le gambe allungate davanti a sé. È arrogante, sicuro di avere in pugno la situazione. Gliel'ho lasciato credere per proteggere la mia famiglia. Ora basta.

«È occupata a prendersi cura dei nostri ospiti.» Mi siedo nella poltrona accanto alla sua. «Abbiamo parecchio di cui discutere.»

Peter ha l'ombra di un sorriso sulle labbra. «Sei piuttosto bella. Non me n'ero reso conto coperta dal velo» dice, passando bruscamente al tu.

«Grazie» dico secca.

Lui si raddrizza e appoggia il bicchiere sul tavolo accanto a lui. «Come ho detto ai tuoi genitori…»

«Non ho intenzione di sposarti. Mi sono concessa a un altro.»

Peter mi guarda sospettoso. «Che cosa significa?»

«Significa che mi sono concessa, anima e corpo, a un altro uomo. Sposerò lui o nessun altro.»

Lui sogghigna. «Il re e la regina potrebbero avere un'opinione diversa. Ho parecchio da offrire, specialmente dopo questo catastrofico disastro. Insieme possiamo ricostruire.»

«Non succederà mai. Ma il debito verrà ripagato in toto con gli interessi.»

Lui si china in avanti, ansioso. «Quando?»

«Presto, spero» Oscar si è impegnato a ripagare quel debito appena la vendita del vigneto andrà in porto, e ripagherò Oscar non accettando profitti dal casinò finché il mio debito sarà completamente saldato. Aggiungerò tutto quello che potrò ai miei pagamenti. «Entro qualche settimana.»

Peter piega la testa, riflettendo. «Pensi che i tuoi genitori faranno semplicemente quello che vuoi? Loro sono a favore della nostra alleanza. Sanno che cosa porto a Beaumont come uomo d'affari.»

«I miei genitori mi vogliono bene. Mai sottovalutare il potere dell'amore.»

«Sentimenti» dice, sprezzante.

«Disprezzabili solo per chi che non li ha mai provati.» Faccio una pausa, pensando a Oscar prima di ammettere. «La pensavo anch'io allo stesso modo.» Desideravo l'amore ma non ne avevo mai capito il suo potere. Oscar ha il mio cuore e nessun altro potrebbe mai prendere il suo posto.

Lui si preme le dita sulle labbra, come se stesse pensando. «Non posso permettermi di aspettare troppo a lungo, e nemmeno voglio rinunciare.»

Aspetto, capendo che sta per cominciare a trattare.

«Ti darò due settimane» dice. «Tu portami i soldi, con gli interessi e io mi tirerò indietro dal matrimonio.»

Sbatto le palpebre, sorpresa che sia stato così facile. «Affare fatto.»

Mi offre la mano e gliela stringo. Poi si tira indietro e allunga la mano per prendere il brandy, rilassandosi di nuovo. Solo che io non ho ancora finito. Devo assicurarmi che non sia una minaccia per la mia famiglia.

«Perché non stai facendo pressioni perché ci sposiamo?» gli chiedo.

Lui mi fissa per un lungo momento. «Nelle condizioni attuali, le uniche soluzioni che hanno un senso sono ottenere ciò che mi è dovuto in contanti o sotto forma di potere, come re. A Beaumont servirà molto tempo per riprendersi, un compito difficile per la monarchia, e io ho più bisogno di contanti. Tra quelli e il risarcimento dell'assicurazione limiterò i danni e mi ritirerò alle Cayman.» Le isole Cayman sono un paradiso fiscale dove i soldi guadagnati fuori dalle isole non sono tassati. Sta praticamente prendendo i soldi e scappando. Ora sono contenta che sia motivato dall'avidità.

Mi alzo, entusiasta dal risultato. Non avrei potuto chiedere un incontro migliore. Avrebbe potuto essere risentito per la sua sfortuna; invece la sta considerando una pensione anticipata. «Goditi il pensionamento. Vado a prendere qualcosa da mangiare. Vuoi raggiungermi nel salone?» Quest'uomo potrà anche non piacermi, ma è comunque un isolano ed è mio dovere provvedere a lui in questa situazione.

Peter si alza. «In effetti, devo andare.» Mi punta addosso un dito. «Due settimane per il pagamento.»

Annuisco una volta. Non so se avrò i fondi in tempo, ma rinegozierò i termini se ci sarà bisogno. Ora che so qual è il suo obiettivo, prendere i soldi dell'assicurazione e scappare, so che si atterrà al suo piano attuale: i soldi prima di me.

Vado nel salone a passo svelto, pensando a Oscar. *Presto, amore mio.* Tutto ciò che devo fare è far capire ai miei genitori il cambio di marito e convincere Oscar a trasferirsi in permanenza a Beaumont. Questo periodo disastroso mi ha dimostrato che i miei genitori si piegheranno quando è assolutamente necessario e che si fidano di me. Almeno un po'.

E non posso assolutamente lasciare il mio regno. Beaumont ha bisogno della mia guida adesso e per il prossimo futuro. La ricostruzione è un compito gigantesco che richiederà energia, forza e pianificazione strategica. E tocca a me.

15

Oscar

Cammino avanti e indietro nei corridoi del palazzo, più agitato di quanto lo sia mai stato in vita mia. I Rourke non se ne stanno fermi ad aspettare. Nelle mie vene scorre il sangue dei guerrieri vichinghi e questa è una battaglia che devo vincere. Non posso restarmene fermo sapendo che Polly è tornata in un regno che le pone infinite limitazioni, non posso sopportare di non sapere se sta bene, e, specialmente, non posso sopportare l'idea che le stiano facendo pressioni perché sposi Peter. Ho cercato di lasciarla andare, cercato di essere un illuminato uomo di fede, ma quello non sono io. Io sono un uomo d'azione.

Eppure devo aspettare. Il nostro jet ha subito un ritardo nei Caraibi a causa del maltempo prima di poter tornare all'aeroporto privato a Nantes, in Francia. Questa mattina, appena ho sentito che il jet era atterrato, ho dato ordine che lo rifornissero di carburante e che sostituissero i piloti per tornare a Beaumont. Ci vorrà del tempo che non ho per i controlli e la manutenzione del jet. I voli commerciali per il momento sono banditi da Beaumont, altrimenti sarei partito perfino prima.

Polly ha bisogno di me. Quando arriverò, sarà lì già da due giorni. Gli scenari peggiori mi passano continuamente per la testa. Si sta mettendo a rischio cercando di aiutare durante l'emergenza, affrontando una valanga di pericoli, folle inferocite, linee elettriche abbattute, frane. E la cosa che mi fa gelare dentro: che i suoi genitori abbiano affrettato il matrimonio in modo che possa governare. So che sono i resort di Peter che hanno subito i danni maggiori nell'uragano. Vorrà più che mai un'alleanza per far arrivare i soccorsi alle sue proprietà. E i suoi genitori apprezzano ciò che lui può dare al regno.

Mi fermo di colpo quando diventa chiaro ciò che devo fare.

Mi pizzico il naso. Polly si infurierà. C'è un altro modo? Mi scervello per trovare un'alternativa. No.

Ne vale la pena per Polly? Assolutamente.

~

Polly

Ho lavorato dall'alba al tramonto ieri, viaggiando per valutare i danni all'isola e coordinare i soccorsi. Le cose stanno migliorando lentamente e le linee elettriche sono state ripristinate al settanta percento. Oggi ho in programma di incontrare i miei genitori per il tè. È ora che dica loro come sarà con Oscar.

Vengo trattenuta da diverse telefonate e arrivo in salotto un po' più tardi di quanto mi sarebbe piaciuto. Avevo sperato di avere un po' di tempo per ripassare il mio discorso. Quando arrivo, i miei genitori sono già seduti sulle sedie dagli schienali alti che mi ricordano un trono. Io non ho bisogno di sedie come troni per sentirmi una regina. È ciò che sono. Sono nata per questo ruolo e, proprio come ha detto Marge, tutti quelli percepiti come difetti sono adesso le mie migliori qualità. Non devo più lottare contro la mia natura perché sono esattamente ciò di cui ha bisogno Beaumont. Per la prima volta nella mia vita sono veramente a mio agio con me stessa.

Occupo una sedia più piccola con un rivestimento a fiori davanti a loro. «Mi dispiace di essere in ritardo. Come state oggi?» Sorrido ai miei genitori che hanno entrambi un'espressione preoccupata. Sono i miei vestiti casual? I miei riccioli selvaggi che non ho avuto il tempo di domare? Ho ancora addosso del fango dopo aver aiutato a spostare foglie di palme e cespugli vari? Do un'occhiata veloce alla mia tunica turchese e ai leggings neri. Relativamente puliti.

«Polly, devi fare una pausa» dice mia madre. «Non è il caso di sciuparti tanto.»

Entra un cameriere e versa il tè.

«Sto bene» dico. «Preferisco fare qualcosa piuttosto di stare a vedere.»

Mio padre borbotta. «Ho sentito che le cose stanno migliorando. È tornata in gran parte l'energia elettrica e molte delle strade sono sgombre dai detriti.»

«Sì» dico con orgoglio. «Ed è in gran parte grazie agli sforzi di Vaughn e della sua vasta famiglia. Sono stati inestimabili.»

«La tua guardia?» chiede mia madre.

«Sì, la mia guardia. È nativo dell'isola e ha legami dappertutto.»

«Conoscevo suo nonno» dice mio padre. «Lui e io eravamo amici quando eravamo bambini.»

Sorrido. «Non ne avevo idea. Fino a poco tempo fa, Vaughn quasi non parlava con me e non sapevo niente di lui. È bello onorare un legame di così lunga data.»

Mia madre sorseggia il suo tè. «Polly, mi ha veramente fatto piacere sentire che hai invitato Peter per un colloquio privato.»

Approfitto dell'occasione, indicando al servitore di lasciarci. Appena siamo soli, dico: «Ho qualcosa di importante da discutere.»

«Che cosa?» chiede lentamente mia madre, inarcando le sopracciglia.

Le mani di mio padre tremano vistosamente e lui incrocia le braccia per frenarle. Una delle sue gambe si muove incessantemente, un nuovo sintomo del Parkinson. Il tempo è essenziale. Non vuole apparire in pubblico ed è lì che dev'essere chi governa Beaumont.

«Peter e io abbiamo raggiunto un accordo» dico.

Mia madre batte le mani, illuminandosi in volto. «Lo sapevo!»

Continuo. «Lui rinuncia al matrimonio combinato con me. È d'accordo di non reclamare il vostro resort perché ripagherò il prestito. Appena riceverà i rimborsi dell'assicurazione per i resort distrutti, ha in programma di ritirarsi alle Cayman.»

I miei genitori mi fissano, con la confusione sul volto.

«Come farai a ripagare il debito?»

«Si ritirerà alle Cayman?» ripete mia madre. «Pensavo che entrambi desideraste quest'unione.»

«Un amico mi aiuterà per il debito. E no, non volevo sposarlo. Mi stava ricattando perché lo sposassi, minacciando di rivelare il debito scaduto e incitare la gente contro di voi. Sperava di rovesciare la monarchia.»

«Questo è tradimento!» ruggisce mio padre. «Sarà immediatamente esiliato.»

Sono pietrificata. Non avevo considerato che le minacce di Peter costituissero un vero e proprio tradimento. Tutto ciò che avevo pensato era come proteggere la mia famiglia. Avrei dovuto dirlo immediatamente ai miei genitori. C'era comunque la questione del debito non pagato, ma mi avrebbe risparmiato un mucchio di ansia sapere che Peter avrebbe potuto essere bandito dal regno.

Mio padre si alza con una certa fatica, tuona per chiamare un servitore che probabilmente è appena fuori dalla porta e quando questi appare, mio padre sbraita degli ordini per mettere in moto le cose.

Una volta che si è rimesso seduto, mia madre mi dice. «Perché non ci hai parlato di Peter?»

«Se ve lo avessi detto, avreste proibito il matrimonio e lui avrebbe messo in atto le sue minacce. Volevo gestire la cosa da sola. Adesso mi rendo conto che avrei dovuto essere più aperta con voi.»

«E chi è l'amico che ti aiuterà con il debito?» mi chiede.

«Oscar Rourke. È un principe di Villroy e per noi sarà un valido aiuto. È più di un amico, in effetti. Lo amo e voglio sposarlo.»

«L'economia di Villroy è traballante» dice mio padre in tono sprezzante. «Ci serve un alleato più vantaggioso, specialmente ora, con le conseguenze di questo devastante uragano.»

«Oscar ha venduto l'unica proprietà che aveva per pagare il tuo debito» dico a denti stretti. «E porta qualcosa di meglio di una ricca alleanza. Lui mi ama e io amo lui.»

Mia madre sospira e scambia un'occhiata con mio padre. Poi torna a parlare con me. «Marge ha detto che è innamorato di te. Sapevamo che saresti diventata sentimentale.»

«Non c'è spazio per i sentimenti in una monarchia» dichiara mio padre.

«Nella vostra monarchia, forse» dico. «Non nella mia.»

Mia madre si mette a ridere. «Polly, stai parlando per enigmi. Sono la stessa cosa.»

«Voglio che diate una possibilità a Oscar» dico «Vedrete che il suo sostegno farà di me una regina migliore. È protettivo e si preoccupa per il mio benessere.»

«Sono le stesse cose che può fare una guardia del corpo» sbotta mio padre. «Non puoi scegliere il marito per ragioni sentimentali. Sarà il re, il capo del nostro paese e non è una scelta personale. È una scelta che deve fare la monarchia.»

Mi prendo un momento per riordinare le idee, cercando di trovare un modo di parlare che i miei genitori possano capire. Sorseggio il tè, prendendo tempo, mentre entrambi mi fissano con impazienza. Vogliono che torni ai piani che hanno fatto per me: le regole tradizionali di Beaumont. Purtroppo si è scoperto che io sono trasgressiva e impossibile.

Alla fine dico. «Nei giorni che sono trascorsi, sono stata determinante nell'organizzazione dei soccorsi. E prima di arrivare, ho usato tutti i contatti che avevo, insieme ai contatti del regno di Villroy, per mandare fondi e aiuti umanitari a Beaumont.»

«E per questo ti siamo grati» dice mia madre. «Non avevamo la possibilità di comunicare e non abbiamo potuto fare molto all'inizio.»

Le rivolgo un sorriso. «Sì, lo so. Ho preso il comando e

continuerò a farlo. *Io* sono ciò di cui ha bisogno Beaumont adesso e in futuro.»

«Sei sempre stata importante per Beaumont» dice mia madre.

«Sei l'unica erede» aggiunge mio padre. «La tua posizione non è mai stata in dubbio, ma devi sposarti per poter governare. Questo non è cambiato.»

Digrigno i denti. «Sposare Oscar è un'ottima scelta.»

«Sai che cosa intende dire tuo padre.»

Appoggio la tazza e li guardo entrambi. Questo è quanto. Non c'è niente che riesca a penetrare nelle loro teste, quindi devo porre il mio ultimatum. «Sposerò Oscar e prenderò il mio posto qui come regina, altrimenti lascerò Beaumont per sempre.»

Silenzio.

Mia madre sembra sbalordita. Il volto di mio padre è di pietra.

Sono seduta sull'orlo della sedia perché sto bluffando. Non potrei mai lasciare Beaumont, specialmente adesso. E non so nemmeno se Oscar accetterebbe di restare qui in permanenza. Devo essere sicura che lo accetteranno prima di invitarlo a venire.

«Ci volteresti le spalle?» chiede mia madre, in tono d'accusa.

«Saresti esiliata per la tua scelta egoistica» dice mio padre. «Il regno prima di noi, altrimenti non sei adatta a portare la corona.»

Sento un nodo allo stomaco. Ho esagerato. Restano inflessibili quando si tratta della loro figlia ribelle. Preferirebbero bandirmi dall'isola piuttosto di permettermi di fare ciò che ritengo giusto. Dopo aver permesso alla gente di trovare rifugio nel palazzo e non aver protestato quando ho percorso l'isola in lungo e in largo, trascurando il protocollo, pensavo che avrebbero rispettato i miei desideri.

Mi alzo con le gambe che tremano, la gola chiusa per l'emozione. Non riesco a credere di essere arrivata a questo punto. Devo andarmene da Beaumont, o perché esiliata o di mia volontà, per poter sposare l'uomo che ho scelto. Non è più un bluff per me. Oscar è troppo importante e non accetterò che mi obblighino a sposare un altro.

Riesco a dire a fatica: «Voi farete ciò che ritenete giusto, esattamente come farò io.»

Mia madre mi guarda implorandomi con gli occhi di accettare il loro decreto, ma ho chiuso. Mio padre mi fissa come se fossi un avversario in una guerra che non ho mai voluto.

Proprio in quel momento, la porta si apre scricchiolando e un servitore annuncia. «Scusate, Vostre Maestà, c'è un visitatore che insiste per vedere sua altezza. Posso presentarvi sua altezza il principe Oscar Rourke.»

Mi volto, con gli occhi immediatamente pieni di lacrime alla gradita vista di Oscar. I suoi folti capelli scuri sono in disordine, la faccia è tirata, gli occhi stanchi, ma non è mai stato più bello. Non l'avevo ancora chiamato, aspettando un momento in cui sarebbe stato benvenuto, ma adesso capisco che non aveva senso aspettare. Lui ha agito, esattamente come devo fare io.

Corro da lui e lo abbraccio stretto. «Oscar, sono così felice di vederti!»

Lui mi avvolge le braccia attorno e mi bacia la tempia. «Non potevo lasciarti andare.»

«Ne sono felice.» Lo fisso negli occhi. «Non lasciarmi mai.»

Lui guarda ai miei genitori. «Buonasera, Vostre Maestà.»

Loro lo fissano, apparentemente sbalorditi.

Oscar si rivolge a me. «Ho bisogno di qualche minuto da solo con i tuoi genitori.»

«Ne sei sicuro?»

Lui annuisce una volta e va da loro.

Oh-kay. Esco e sento Oscar che parla loro in francese, chiedendo il permesso di avere un breve colloquio.

Resto dall'altra parte dalla porta, origliando senza vergogna. Accidenti. Sta parlando troppo piano per sentirlo attraverso la porta. Aspetto, cercando di intuire di che cosa staranno parlando. Sta chiedendo il permesso di sposarmi? Sta dicendo loro quanto mi ama? Sono entrambi bei gesti, ma, alla fin fine, non avranno la minima influenza sulle convinzioni dei miei genitori riguardo ai bisogni di Beaumont. Non riconoscono che sono *io* ciò di cui ha bisogno Beaumont e che posso servire meglio con Oscar al mio fianco.

Poi sento mia madre dire, sorpresa: «È un gesto molto generoso.»

Mio padre dice, in tono irritato: «Non è così che si fa.»

Solo perché Oscar non viene da un regno prosperoso, non vedono alcuna utilità nell'alleanza. Aspettate. Generoso? Oscar ha offerto denaro in cambio della mia mano? Che diavolo sta succedendo?

Finalmente la porta si apre e Oscar mi fa segno di entrare. Ha un'espressione solenne. I miei genitori lo guardano come se non sapessero che cosa fare con lui.

Che cosa mi sono persa?

Mia madre mi aggiorna. «Oscar ha appena offerto un generoso contributo per la ricostruzione di Beaumont.»

Mi volto a guardarlo. «È meraviglioso! Grazie Oscar. Sono sicura che ne faremo buon uso.»

Oscar si china sul mio orecchio. «Non dovrai sposarti per ottenere un'alleanza finanziaria. È tutto ciò che ho chiesto. I fondi dovrebbero superare abbondantemente ciò che il tuo promesso avrebbe messo sul tavolo. La vendita del mio vigneto è andata a buon fine.»

Aggrotto la fronte, confusa. «Che cosa significa?» Oscar aveva già suddiviso quei soldi: il debito dei miei genitori, pagare il ricatto di Charles e il casinò a Villroy. Mi si stringe lo stomaco. «No Oscar, non dirmi che l'hai fatto. Il casinò.»

Lui alza le spalle. «Ho rinunciato. Sto dando tutto ciò che ho a Beaumont. Resterò per aiutarti, dove ne hai più bisogno.»

Resto a bocca aperta. So che cosa significava il casinò per lui, e anche per me, prima che il disastro ci colpisse. È il quartogenito, non c'è nulla a Villroy per lui. Il casinò doveva essere il modo in cui lui e Adrian avrebbero lasciato la loro impronta. Senza il contributo di Oscar, il casinò non può esistere.

Lui mi mette una ciocca di capelli dietro l'orecchio e mi

guarda teneramente. «Ti ho regalato la libertà, Pol. Non sarai obbligata a sposarti per ragioni economiche. I tuoi genitori hanno accettato questo patto.»

Studio la sua espressione. C'è dolore in fondo ai suoi occhi. Non l'hanno accettato come marito per me, solo la sua donazione.

Lo prendo per mano e lo tiro fuori dalla stanza, ignorando le proteste dei miei genitori sulla mancanza di correttezza.

Oscar è silenzioso, serio, così diverso dall'Oscar che conosco. Pensa di avermi perso. Mi ama tanto da sacrificare il suo casinò, tutto ciò che aveva, la società con suo fratello per darmi la libertà.

«Adrian era furioso quando hai rinunciato al casinò?» le chiedo.

«Beh, non ne era contento» dice con indifferenza, minimizzando completamente il suo gesto eroico.

Lo guido lungo il corridoio, cercando un posto più privato. «Adesso non ha il capitale per proseguire.»

«Mi inventerò qualcosa per aiutarlo, più avanti. Prima vieni tu.»

Mi si riempiono gli occhi di lacrime e ho la gola stretta. *Il mio eroe, il mio amore.* Non lascerò che i suoi sforzi finiscano in nulla.

Lo tiro in un salotto non in uso. E poi gli getto le braccia intorno al collo e lo bacio appassionatamente. Lui mi restituisce il bacio con ferocia, con un braccio intorno alla vita, stringendomi forte.

Parecchio tempo dopo, lo lascio andare per respirare. «Ti amo. Se vuoi restare a Beaumont, ti sposerò e farò di te un re.»

Mi guarda commosso. «I tuoi genitori non lo permetteranno. Me l'hanno già detto.»

Mi si stringe il cuore e sento una scarica di energia. «Vorresti restare?»

Lui mi prende il volto tra le mani. «Farei qualsiasi cosa per tenerti. Lotterò per te, per noi, ma credo che le cose sarebbero più facili se vivessi con me lontano da qui.»

«Non posso andarmene. Per favore, dimmi che resterai.»

Oscar preme la fronte sulla mia e le sue parole scorrono bollenti sulle mie labbra. «Resterò.»

Lo bacio e poi lo abbraccio stretto.

Mi abbraccia anche lui, si china e mi bacia i capelli. «Pol. Mi sei mancata.»

Gli appoggio la guancia al petto, circondata dal suo amore. «Mi sei mancato anche tu.» Mi tiro indietro un momento dopo, con un piano in testa. «Ecco che cosa faremo.» Oscar sorride e io non riesco a fare a meno di sorridergli anch'io. Lui apprezza le mie idee e i miei piani. «Ci comporteremo da leader durante i soccorsi e la gente ci accetterà. Mi assicurerò anche che la stampa sia al corrente dei nostri sforzi congiunti. I miei genitori saranno obbligati a permetterci di governare insieme, o a cacciarci. Sarebbe una decisione molto impopolare e renderebbe difficile per loro governare.» Non posso fare a meno di sorridere diabolicamente. «E renderà ancora più difficile governare al mio giovane e impreparato cugino.»

Oscar alza le mani in segno di vittoria. «Sei un genio. Un genio diabolico. Meglio scusarsi dopo, eh?»

Alzo la testa. «Non ho intenzione di scusarmi per aver fatto la cosa giusta.»

Le labbra di Oscar si curvano appena a sufficienza da far apparire la fossetta sulla guancia ruvida di barba. Traccio la fossetta con il dito e lui mi afferra la mano, premendo un bacio sul palmo, con gli occhi acquamarina che brillano. «Sono così maledettamente orgoglioso di te, regina Polly. È quella che sarai sempre per me, che governi o meno un regno.»

Gli prendo la mano. «Andiamo. C'è un mucchio di lavoro da fare. Cominciamo.»

∼

Due settimane dopo...

Polly

Oscar e io abbiamo una sorpresa quando torniamo a palazzo la sera tardi, dopo una lunga giornata di lavoro sull'isola. I miei genitori ci hanno convocato nella stanza delle udienze, un salone formale con due troni su una piattaforma. Viene usata per ricevere i dignitari in visita e altri nobili, e per le incoronazioni. La richiesta di incontrarli lì è una dimostrazione di potere e posso solo sperare che intendano usarlo per il bene e non per esiliarci per sempre. Ho passato tutto il tempo a lavorare instancabilmente con Oscar. Siamo apparsi ovunque, sulla stampa e su Internet. Stanno affluendo soldi per la nostra causa. Ufficialmente, lui occupa una stanza separata, ma viene da me di notte. I domestici potrebbero aver parlato e questo significa che i miei genitori potrebbero essere furiosi una volta di più per i miei modi impulsivi, testardi e scorretti. Potrebbe essere l'ultima goccia. Comincio a sudare freddo, troppo nervosa perfino per parlare mentre camminiamo verso il salone. L'esilio sarebbe la morte per me. Anche Oscar è silenzioso.

Entro nella lunga sala delle udienze con il soffitto a volta, una stanza progettata per impressionare con la sua dimensione e la sua maestosità, insieme all'abbondanza di finiture d'oro dappertutto, dipinti a olio con le cornici dorate, lampadari d'oro e cristallo e specchi dorati. I miei genitori sono seduti sui loro troni. Hanno rispettivamente un completo e un abito elegante. Niente corona, scettro o cappe di velluto ingioiellate sulle spalle. Non so se sia una buona cosa oppure no. Le loro facce sono illeggibili, ma sembra una grave occasione formale, dove sta per accadere qualcosa di memorabile e sconvolgente.

Ci avviciniamo con la testa china, salutandoli formalmente.

Mio padre parla per primo. «Ci hanno informato dei vostri sforzi congiunti a favore di Beaumont.»

Mia madre inclina la testa.

Inizio promettente. Prendo la mano di Oscar e la stringo.

Mio padre fissa le nostre mani unite e sospira forte. «Alla luce di ciò che avete fatto per il nostro regno, vi ho convocati entrambi per passarvi il comando.»

Risucchio il fiato. Si è avverato il mio più grande desiderio. Reclamare il mio diritto di nascita con il mio amore che governa al mio fianco. Sento il calore invadermi, una sensazione leggera di completa felicità. Scambio un'occhiata con Oscar prima di rivolgermi ai miei genitori.

«Saremo lieti di accettare il comando» dico.

Oscar è eretto, le spalle dritte, la rappresentazione di fierezza regale.

«Hai dimostrato il tuo valore, Polly» dice mia madre, con la voce sorprendentemente dolce. Credo di aver reso orgogliosa mia madre.

«Anche Oscar ha dimostrato il suo valore» dice bruscamente mio padre. «La gente è a favore. Quindi è fatta.»

Mi getto tra le braccia di Oscar, abbracciandolo e ridendo senza motivo. È un tale sollievo! La mia strategia ha funzionato. E se non avesse funzionato, Oscar dice che sarebbe rimasto qui comunque. Mi ero offerta di ritornare a Villroy con lui, una volta ristabilito l'ordine, in modo da poter vivere insieme come marito e moglie, ma lui crede, come ho sempre creduto io, che Beaumont sia il mio posto.

Qualcuno si schiarisce forte la gola.

Mi stacco e guardo i miei genitori. «Sì?»

«Ci sarà una cerimonia ufficiale di incoronazione dopo il vostro matrimonio» dice mia madre. «Il giorno in cui vi sposerete, diventerete il re e la regina di Beaumont.»

«Credo che sarebbe meglio accogliere il nuovo anno con i nuovi governanti» dice mio padre. «La gente vorrà sentire che sta iniziando una nuova vita quando comincerà la ricostruzione.»

Mancano quattro mesi, meno di quanto mi fossi aspettata. Scambio un'occhiata con Oscar. Ci sta.

«Sì!» Corro ad abbracciarli. «Grazie, *maman!*»

Lei mi stringe. «Queste sono circostanze straordinarie, con l'uragano. Forse una principessa straordinaria era ciò che serviva.»

Mi si riempiono gli occhi di lacrime. «Grazie. Sarai fiera di me.»

Lei mi accarezza i capelli. «Sono sempre stata fiera di te, figlia impossibile.»

Mi sfugge una lacrima e l'asciugo. «Grazie.»

Mi volto e vedo Oscar che stringe la mano di mio padre, parlandogli a bassa voce in tono rispettoso. Poi mi passa accanto per parlare con mia madre e prendo la mano tremante di mio padre.

Parla in tono sommesso. «Immagino che tu sia contenta dell'esito del tuo piano, figliola.» Le parole sono addolcite da un luccichio negli occhi. Sa che ho messo in atto il mio piano per garantire il posto di Oscar e non gli importa. Forse addirittura mi ammira, dato che mi sono assicurata che gli sforzi congiunti miei e di Oscar avvantaggiassero il regno, senza tener conto del risultato per me. Ciò che ha apprezzato mio padre è che abbia messo il regno al primo posto.

«Ci vuole un grande leader per fare le scelte difficili, come hai fatto tu, papà. Sono lieta che ci abbia scelto come i prossimi governanti.»

Lui guarda Oscar e me. «Per il regno, siete una risorsa che non possiamo permetterci di perdere.»

Gli bacio la guancia. «Ti voglio bene anch'io.»

Gli occhi di mio padre si riempiono di lacrime e si schiarisce la voce. «Sì, giusto. Grazie.»

Mi congedo, afferrando la mano di Oscar e praticamente volo fuori dalla stanza.

～

Appena torniamo nell'intimità della mia stanza, ci stringiamo in un abbraccio appassionato, rotolando sul letto in un groviglio di braccia e gambe. In qualche modo riusciamo a toglierci i vestiti, in una frenesia di baci e carezze e *ti amo*.

I nostri corpi si uniscono, finalmente, vicini quanto possono essere due persone. Vicini come saranno unite le nostre vite come marito e moglie, re e regina e genitori della prossima generazione che nascerà in un'era più moderna e progressista.

Oscar mi tiene il volto con una mano, ancora sprofondato dentro di me. «Stai ancora facendo piani?»

Gli sorrido. Mi conosce così bene. «Sì, sto pianificando il nostro glorioso futuro.»

Oscar infila una mano tra di noi, strofinandomi in fretta. «Abbandonati» mi ordina.

Lo faccio, nell'unico posto in cui mi sentirò mai al sicuro, tra le sue braccia. Arcuo la schiena, respirando affannosamente in una nebbia di intenso piacere.

E poi volo.

Lui rabbrividisce contro di me qualche momento dopo, emettendo un suono gutturale accanto al mio orecchio, prima di appoggiarsi a me con tutto il suo peso.

Lo stringo. «Ti amo. Sono così contenta che le cose siano andate come dovevano.»

Lui alza la testa. «Non ne avevo mai dubitato.»

«No, davvero?» Non riesco a nascondere la sorpresa. Non era poi così sicuro.

Oscar mi appoggia la mano sulla guancia. «Posso aver dubitato all'inizio, ma poi sono arrivato, ti ho visto in azione, e ho capito che era a modo tuo o niente.»

Sorrido mentre si sposta e rotola sulla schiena. «Non sapevo che fosse il mio modo.»

Oscar si mette sul fianco, mi tira vicino e mi bacia teneramente. «Ciò che sapevo era che avresti comandato che avessi o meno una corona perché è così che sei, intelligente e motivata. E sapevo che l'avresti fatto al mio fianco perché non ti avrei lasciato andare.» Mi mette la mano sulla guancia, e mi accarezza con il pollice il punto sensibile sotto l'orecchio. «È stato amore a prima vista, Pol. Sapevo che non ci sarebbe mai stata un'altra come te per me.» La sua voce diventa feroce. «Avrei lottato per averti, a tutti i costi.»

«Oscar.» Ho la voce soffocata. «Grazie per aver lottato per me. Sei il mio eroe, veramente. Hai fatto tante cose eroiche, generose per me.» Resto a bocca aperta quando mi rendo conto di una cosa. «Ti sei sempre comportato come un re, mettendo me e il mio regno al primo posto. Questo ruolo di re è il tuo destino.»

«Sei tu il mio destino. Il resto è semplicemente il dono che porti con te.»

Mi trema il labbro e lui mi bacia. Le lacrime mi riempiono

gli occhi e poi sgorgano. Smette di baciarmi e le asciuga con il pollice, guardandomi teneramente.

Sono così sopraffatta dal meraviglioso miracolo del nostro amore. Non avevo mai capito perché la gente impazzisse per amore. E poi ho visto l'amore di Anna e Gabriel, la proposta romantica di Lucas per il suo amore, Alice, e poi l'ho finalmente sperimentato io stessa. È la cosa più potente al mondo.

«Farò sempre tesoro di ciò che abbiamo» dico con la voce solenne.

«E io farò tesoro di *te*.»

«Anch'io!» Lo bacio e poi non riesco a smettere di baciarlo mentre entrambi continuiamo ad assicurarci a vicenda del nostro amore. Sono pazza d'amore, esattamente come lui e non potrei essere più felice.

L'amore mi ha resa libera (con un po' di pianificazione strategica da parte mia). Non vedo l'ora di fare altri piani con il mio amore al fianco.

EPILOGO

La prima notte di nozze reale.

Oscar

Sono quello che è stato incoronato re. Se doveste scegliermi in mezzo al clan dei Rourke, il quartogenito, è così che dovrete fare. Il principe Oscar adesso è re Oscar. Non mi sto vantando. È semplicemente un fatto reso possibile dall'amore di una donna incredibile, con un'energia infinita e la mente strategica. È brillante, illuminata da dentro da una forza e da uno spirito stupefacenti e io la amo con tutto il mio cuore.

Sono passati quattro mesi dall'uragano che mi aveva portato via Polly e che, alla fine, me l'ha ridata. Abbiamo lavorato giorno e notte per ristabilire l'ordine nel regno. La stampa ci ama, la sua gente ci ama e i suoi genitori hanno imparato a volermi bene. Beh, per quanto possono, visto che la loro figlia mi abbraccia di frequente, in pubblico e in privato e mi ha spostato nella sua stanza appena hanno accettato il nostro matrimonio. Non le avevo nemmeno messo l'anello al dito. Sta infrangendo il protocollo a destra e a manca, ma i suoi genitori lo tollerano perché le vogliono bene. E forse anche perché conoscevano le mie intenzioni fin dall'inizio. Avevo detto loro la prima volta in cui ci siamo incontrati che l'amavo e che avrei fatto *qualunque cosa* per assicurarmi che fosse felice.

Ci siamo sposati questa mattina con una cerimonia solenne in chiesa. Il pubblico aspettava ai lati della strada per festeggiarci mentre andavamo dal palazzo alla chiesa in una carrozza tirata da cavalli. C'era la stampa e anche le TV. E la mia famiglia, ovviamente. La regina Anna e la regina Polly hanno dei piani per un'alleanza strategica tra i nostri regni, dato che entrambi ora sono nel business del turismo. I miei fratelli sono felici per noi, perfino Adrian che ho lasciato a corto di soldi per il casinò e da solo, quando sono volato qui per stare con Polly.

Sapevo di dover sistemare le cose per Adrian dopo essermi tirato indietro, quindi ho venduto l'idea di investire nel casinò a mia sorella Emma e a suo marito, la rockstar, Jackson. Ora vivono in Francia, quindi è un'occasione per tenere concerti vicino a casa. Il piano è di creare uno spazio per loro al secondo piano e, quando il tempo è bello, si esibiranno sulla terrazza sul tetto. Adrian spera di aprire il casinò la prossima estate.

Subito dopo la cerimonia, Polly e io abbiamo firmato un nuovo decreto per il regno: le donne possono governare da sole. Subito dopo abbiamo abolito tutte le restrizioni che erano state imposte alle donne della famiglia reale. Adesso siano conosciuti come leader progressisti e moderni, ma, sinceramente, si tratta solo di buon senso.

Beaumont se la sta cavando bene e la vita qui è tornata alla normalità. Polly si è assicurata che fossero presi provvedimenti in caso di uragani in futuro e si sono iniziate le costruzioni nella parte nord dell'isola in quelle che ora sono proprietà regali. Dopo aver ripagato il debito dei suoi genitori, Polly ha ottenuto un buon prezzo da Peter per l'acquisto dei terreni, offrendo un pagamento immediato, e lui ha accettato, anche perché è stato bandito dall'isola. Quei terreni in origine erano della famiglia reale, quindi i suoi genitori sono stati più che entusiasti di riaverli. All'inizio li avevano venduti per dar vita all'industria turistica, non avendo i fondi per costruire da soli i resort.

Vaughn lavora ancora come guardia, ma con un'ulteriore responsabilità: addestra le guardie di palazzo perché siano pronte in caso di disastri. Sono la nostra prima linea per la sicurezza dei cittadini. E Marge è ancora con noi e assiste il padre di Polly, che ora ha qualche difficoltà a far fare ciò che vuole al proprio corpo. Polly aveva inizialmente offerto un lavoro a Marge con la nostra fondazione benefica, dopo tutto l'ottimo lavoro svolto durante la bonifica dopo l'uragano ma Marge ha rifiutato, facendo una controfferta interessante. Le piacerebbe essere la bambinaia per i nostri futuri figli. Polly e io abbiamo accettato. Marge non è un tipo caloroso e coccolone, è più pratica e di buon senso, ma ha un cuore grande e mette sempre i bambini al primo posto. Polly vuole aspettare ad avere figli finché sarà finita la ricostruzione. Dopo essere cresciuta da figlia unica, desidera avere una grande famiglia. Per me è perfetto, visto che vengo da una famiglia numerosa. Penso che sia stata la mia famiglia a ispirarla.

Ora, finalmente, dopo l'eccitazione della giornata, la cerimonia ufficiale, i decreti reali e un ballo, ho finalmente mia moglie tutta per me. Sono a letto, senza camicia, e le ho slacciato i bottoncini sul dietro dell'abito nuziale. Polly mi ha chiesto di restare lì per permetterle di fare uno spogliarello per me. Come ho detto, farei di tutto per assicurarmi che sia felice.

Polly fa scivolare in basso il corpino del vestito, dandomi una breve visione del reggiseno senza spalline prima di voltarsi e poi guardarmi da sopra la spalla con un sorriso sexy.

Io mi metto istintivamente seduto, con la voglia di toccarla, e lei alza una mano, fermandomi. «Alt» dice. «Questa è una seduzione lenta e sono io al comando.»

Sorrido, slacciandomi i pantaloni neri. «Il nuovo potere di regina ti ha dato alla testa.» Adoro il fatto che possa finalmente reclamarlo come suo.

«Giusto» dice, continuando a far scivolare il vestito sui fianchi e poi scavalcandolo quando cade a terra.

«Pol» riesco a dire con la voce strozzata.

«Ti piace?» chiede, voltandosi per appoggiare il vestito

sullo schienale di una sedia e dandomi una visione eccezionale del suo bel sedere.

Indossa un reggiseno senza spalline di pizzo bianco e uno straccetto di perizoma. Ha sempre indossato indumenti intimi modesti. Ci sono sottili nastri di seta che dalla cintura del perizoma scendono a reggere le calze bianche trasparenti.

Mi spoglio in fretta, restando nudo, scendo dal letto e vado da lei, non vedo l'ora di averla.

Lei mi sbatte una mano contro il petto. «Non ancora.»

Emetto un gemito. «Sei fantastica. È una tortura non toccarti.» Ed è quello che desidero da tutto il giorno.

Polly sorride, un sorriso lento e sexy, mormorando: «Guarda.» Si toglie le scarpe con il tacco e poi si passa le mani sulle lunghe gambe, con un'espressione sensuale prima di slacciare i ganci sul bordo di una calza, arrotolandola poi lentamente sulla gamba prima di toglierla. È peggio di quando ho dovuto fare piano con la vergine Polly, perché adesso so che cosa mi perdo. Voglio quelle lunghe gambe intorno a me. Ho bisogno di averla. Non penso di poter aspettare a portarla sul letto. Potrei semplicemente buttarmi addosso a lei come un animale selvaggio e prenderla qui, sul pavimento di legno.

«Hai un'espressione selvaggia negli occhi» dice Polly con la voce roca mentre arrotola lentamente la seconda calza.

«Hai un minuto» l'avverto, con i pugni stretti lungo i fianchi.

«E solo per quello andrò ancora più piano.» Infila i pollici dentro le coppe del reggiseno, accarezzandosi con un dolce gemito.

Sento il sangue scorrere veloce nelle vene. Sto andando a fuoco per il desiderio imperioso, pulsante. «Ti ritroverai piegata sulla cassettiera tra dieci secondi.»

Lei sorride, con gli occhi castani che scintillano maliziosi. Poi slaccia il gancio frontale del reggiseno e me lo getta.

Lo colgo al volo e lo butto da parte. «Cinque secondi.» *Mia. Subito.* Il bisogno di averla mi sta artigliando.

Lei mette le mani a coppa sotto i seni, spingendoli vicini. Ho gli occhi fissi sul solco profondo. Non so quale parte di lei voglio toccare per prima, ma ho bisogno di toccarla.

«Oscar» dice in tono provocante. «Sono così bagnata. È tutto il giorno che immagino le tue mani su di me.» Si toglie il perizoma ondulando i fianchi e se lo getta alle spalle.

Mi muovo appena lo fa e siamo appiccicati, le bocche fameliche, le mani che afferrano. All'ultimo minuto, la riporto sul letto perché è la nostra prima notte di nozze e voglio che ci sia qualcosa di morbido sotto di lei quando la prenderò. Polly allarga le gambe, accettandomi. Mi infilo un profilattico in tempo record e la penetro con una sola forte spinta. Gemiamo all'unisono.

Polly avvolge le gambe intorno alla mia vita e ondula, sibilando «Sssìì» spingendomi a continuare. Spingo forte con un ritmo veloce. Ne ho bisogno e lei è proprio lì con me, con le unghie che mi penetrano nelle spalle.

Oh, cazzo. *Rallenta*. Le sposto i fianchi per arrivare più in fondo e la sento gemere in fondo alla gola e poi lei esplode. Continuo piano, cavalcando l'orgasmo con lei. Il suo piacere è il mio piacere e poi esplodo anch'io con lei.

Le crollo addosso, completamente svuotato. Mio Dio, la principessa vergine è diventata una regina erotica. Giuro che diventerò il re della stanza da letto appena riuscirò a muovermi.

Polly mi bacia la guancia e mi sussurra all'orecchio: «Amore mio, il mio primo, il mio ultimo, il mio per sempre.»

Alzo la testa e la bacio teneramente. «Moglie mia.»

«Sì» dice Polly con un enorme sorriso, abbracciandomi stretto.

La nostra vita ora comincia insieme, come marito e moglie con un amore così potente che si estende su tutto il regno. Il tempo passato prima del nostro amore era semplicemente il tempo in cui stavamo aspettando di incontrarci.

Non perdetevi il prossimo volume della Serie, *Royal Shark,* nel quale Adrian si riunirà con la sua amica d'infanzia Sara. Si scoprirà che avevano fatto il patto di sposarsi quando avessero compiuto 25 anni. Indovinate quanti anni hanno adesso?

Royal Shark – Adrian
 Adrian
 Sono un gentiluomo e uno squalo a poker, quindi assumere il comando del nuovo lussuoso casinò di Villroy è il lavoro giusto per me. Sono fiero di gestire questo posto, specialmente vista la nostra economia traballante. Solo che, dopo un solo mese di funzionamento, l'impegno si sta dimostrando più di quanto un solo principe può affrontare. Ho bisogno di un braccio destro, uomo o donna che sia, per renderlo un successo. Ci son centinaia di posti di lavoro che dipendono da me.

 E poi la mia gemella, Silvia, mi contatta parlandomi di Sara, una ragazza con cui eravamo molto amici da bambini, quando la sua famiglia passava le vacanze a Villroy. Ironicamente, a dodici anni ci eravamo giurati solennemente di sposarci quando avessimo avuto venticinque anni. E adesso abbiamo giusto venticinque anni.

 Ma non è il motivo per cui Silvia mi ha contattato. In effetti, Sara, come me, ama il poker, ma ora è nei pasticci. Sta gestendo un giro di poker a New York e ha alzato la posta a sufficienza da attrarre giocatori facoltosi provenienti dal lato più oscuro della città. Ovviamente corro in suo soccorso con la soluzione perfetta: un impiego, lavorando per me.

 Solo che quella testarda non vuole smettere con il suo giro, non vuole abbandonare New York e non vuole lasciare sua sorella, anche se è un'adulta. Ora mi ritrovo a volerla per qualcosa di più del lavoro, e non riesco a lasciarla in quella situazione così pericolosa. Ma il mio regno conta su di me per il successo del casinò.

 Uno dei due deve cedere.

Iscrivetevi alla mia newsletter per non perdervi le nuove uscite: Kyliegilmore.com/ITnewsletter

ALTRI LIBRI DI KYLIE GILMORE

I Rourke - Versione italiana

Royal Catch - Gabriel (Vol. 1)

Royal Hottie - Phillip (Vol. 2)

Royal Darling - Emma (Vol. 3)

Royal Charmer - Lucas (Vol. 4)

Royal Player - Oscar (Vol. 5)

Royal Shark - Adrian (Vol. 6)

L'AUTRICE

Kylie Gilmore è l'autrice Bestseller di USA Today delle serie: I Rourke; The happy endings Book Club; The Clover Park e The Clover Park STUDS. Scrive romanzi rosa umoristici che vi faranno ridere, piangere e allungare le mani per prendere un bel bicchiere d'acqua.

Kylie vive a New York con la sua famiglia, due gatti e un cane picchiatello Quando non sta scrivendo, tenendo a bada i figli o prendendo debitamente appunti alle conferenze per gli scrittori, potete trovarla a flettere i muscoli per arrivare fino all'armadietto in alto, dove c'è la sua scorta segreta di cioccolato.